莫泊桑
中短篇
小说全集

Guy de Maupassant

CONTES ET
NOUVELLES DE
GUY DE MAUPASSANT

莫泊桑中短篇小说全集

CONTES ET
NOUVELLES
DE GUY DE
MAUPASSANT

隆多利姐妹
Les Sœurs Rondoli

〔法〕莫泊桑 ◆ 著　　张英伦 ◆ 译

Guy de Maupassant
CONTES ET NOUVELLES DE GUY DE MAUPASSANT

图书在版编目(CIP)数据

隆多利姐妹 /（法）莫泊桑著；张英伦译. -- 北京：人民文学出版社，2025. -- （莫泊桑中短篇小说全集）.
ISBN 978-7-02-019052-2

Ⅰ.I565.44
中国国家版本馆CIP数据核字第2024TC9276号

吉·德·莫泊桑
Guy de Maupassant
1850—1893

*译者（前排左一）和夫人（前排左四）
与莫泊桑故乡诺曼底友人合影*

张英伦

作家、法国文学翻译和研究学者、中国作家协会会员、旅法学者。

◆ 一九六二年北京大学西语系法国语言文学专业本科毕业。一九六五年中国社科院外国文学研究所研究生毕业。曾任中国社科院外国文学研究所研究生导师、外国文学函授中心校长、中国法国文学研究会常务副会长、法国国家科学研究中心研究员。

◆ 著作有《法国文学史》（合著）、《雨果传》、《大仲马传》、《莫泊桑传》、《敬隐渔传》等。译作有《茶花女》（剧本）、《梅塘夜话》、《莫泊桑中短篇小说选》、莫泊桑中短篇小说分类五卷集、《奥利沃山》等。主编有《外国名作家传》、《外国名作家大词典》、"外国中篇小说丛刊"等。

保尔·奥朗道尔夫插图本《隆多利姐妹》卷封面

Les Sœurs Rondoli

Par Guy de Maupassant

Librairie Paul Ollendorff (1904)

Illustrations de René Lelong

Gravées sur bois par Georges Lemoine

本书根据法国保尔·奥朗道尔夫出版社出版的
插图本莫泊桑全集《隆多利姐妹》卷（1904）翻译

插图画家：勒内·勒隆
插图木刻家：乔治·勒姆瓦纳

译者致读者

吉·德·莫泊桑（1850—1893）是十九世纪法国文坛一颗闪耀着异彩的明星，他的《一生》《漂亮朋友》等均跻身世界长篇小说名著之林，而他的中短篇小说创作尤其成就卓著，影响广泛且深远，为他赢得"短篇小说之王"的美誉。

莫泊桑的中短篇小说深深植根于现实的土壤，题材广泛，以描摹他那个时代法国社会风俗为主体，人生百态尽在其中。对上流社会的辛辣批判和对社会底层的诚挚同情，是贯穿其中的令人瞩目的主线。他的慧眼独到的观察，妙笔生花的细节描写，在法国后期现实主义小说创作中出类拔萃，发扬法国文学的悠久传统，他的小说作品，无论挞伐、针砭、揶揄、怜悯，喜剧性手法是其突出的特色。

莫泊桑的中短篇小说，绝大部分首先发表于报刊，之后收入各种莫氏作品集。仅作家在世时自编的小说集就有十五种之多。

后世出版的莫泊桑作品集，影响最大的当推保尔·奥朗道尔夫出版社出版的《插图本莫泊桑全集》（1901—1912）。这套全集里的中短篇小说部分共十九卷，其中的十五卷篇目和目次均与莫氏自编本基本相同，即：《山鹬的故事》（1901）、《密斯哈丽特》（1901）、《菲菲小姐》（1902）、《伊薇特》（1902）、《于松太太的贞洁少男》（1902）、《泰利埃公馆》（1902）、《月光》（1903）、《图瓦》（1903）、《奥尔拉》（1903）、《小洛克》（1903）、《帕朗先生》（1903）、《左手》（1903）、《白天和黑夜的故事》（1903）、《无用的美貌》（1904）、《隆多利姐妹》（1904）；另有四卷为该出版社补编，即：《巴黎一市民的星期日》（1901）、《羊脂球》（1902）、《米隆老爹》（1904）、《米斯蒂》（1912）。这十九卷共收莫泊桑中短篇小说二百七十一篇。

我现在译的这部《莫泊桑中短篇小说全集》是以奥版《插图本莫泊桑全集》上述十九卷为蓝本，另将奥版未收的三十五篇作为补遗纳入十九卷中的九卷；迄今发现的三百零六篇莫氏中短篇小说尽在其中，并配以奥版的部分插图，可谓图文并茂。我谨将它奉献给我国无数莫泊桑作品的热情爱好者。

小说集《隆多利姐妹》共收十五篇中短篇小说,发表于一八八〇年八月二十九日至一八八四年六月五日之间,是时间跨度较大的一卷。这是莫泊桑和保尔·奥朗道尔夫出版社的第一次合作,也是一次十分成功的合作。从交稿到成书只用了两个月零几天;该书于一八八四年七月上市,在短短时间里就印行十八版;连出版家维克多·阿瓦尔这位同行也羡慕地惊呼:"人们到处都能看到《隆多利姐妹》!"我译的这卷《隆多利姐妹》是奥版插图本的完整再现,它保持了莫泊桑亲编的篇目。

莫泊桑的中篇小说数量少于短篇,杰作却占有很大的比例,有《羊脂球》《泰利埃公馆》《遗产》《密斯哈丽特》《伊薇特》等等,《隆多利姐妹》也是其中的一篇。

从《羊脂球》开始,他通过同乘一辆马车旅行的故事,显示出在特定的小场景里展现大千世界的特殊才华;这小场景不仅是马车,火车似乎更是他的偏爱,例如《在旅途中》《抒情曲》《莫兰这猪》……本卷中的《隆多利姐妹》和《偶遇》都属此类佳作。

在这部犹如"大珠小珠落玉盘"的集子里,《伞》具有独特的价值。它不但真切描绘了小职员阶层的困境，有着社会的内涵，而且是一部短篇小说珍品。由表及里、力透纸背的人物心理刻画是其最饶有特色的艺术成就，描述的是主人公的言行，揭示的是其深藏的灵魂，生动而又深刻。

在莫泊桑极其丰富多彩的人物画廊里，有几幅对人的虚荣心的写照，令人印象深刻。除了《保护人》，当推本集中的《获得勋章啦！》。前者的主人公爱显摆自己的能力，结果给坏人写了推荐信。后者心心念念要弄枚勋章，不料梦想成真，赔了夫人。作家于调侃中含着同情，读者或许也会不禁付之一笑。

在满盘散珠中，我们还可以信手拈来:《小酒桶》，诺曼底农村的一个故事，自私、贪婪引发的死亡;《我的舅舅索斯泰纳》，对共济会和自由思想家的批评;《吕诺太太的案件》，围绕遗产的纷争。主题各异，却有着类似的喜剧乃至笑剧的因素。

至于《被诅咒的面包》，它鄙弃好逸恶劳，则是难得严肃，让人们看到《隆多利姐妹》的作者可以达到怎样的思想高度:

那耻辱的面包是含着泪水制造，

亲爱的孩子们，千万别碰那个面包。

张英伦

二〇二二年三月三十日

目 录

隆多利姐妹	001
老板娘	059
小酒桶	073
他是谁?	087
我的舅舅索斯泰纳	101
安德烈的病	117
被诅咒的面包	129
吕诺太太的案件	143
一个智者	155
伞	169
门闩	187
偶遇	201
自杀	219
获得勋章啦!	231
夏莉	245

隆多利姐妹*

* 本篇首次发表于一八八四年五月二十九日至六月五日的《巴黎回声报》；同年首次收入保尔·奥朗道尔夫出版社出版的莫泊桑小说集《隆多利姐妹》。

献给乔治·德·波尔托-利什[①]

1

皮埃尔·儒弗奈说:"不,我不了解意大利,我曾两次试图对这个国家做深度游,却都在边境停下了,再也没能前进一步。不过这两次尝试已经让我对这个国家的风尚有了一个美好的印象。我只需再了解这片土地上的城市、博物馆和琳琅满目的杰作即可。一有机会,我就会重新尝试到这片无法越过的土地上做一次冒险。

"您还不明白?那就听我稍加解释。"

[①] 乔治·德·波尔托-利什(1849—1930):莫泊桑的好友,法国剧作家。以其《弗朗索瓦丝的好运》(1888)一剧成名。其他剧作还有《恋爱的女人》(1891)、《过去》(1891)、《老男人》(1911)等。

一八七四年，我心血来潮，想去看一看威尼斯、佛罗伦萨、罗马和那不勒斯。这兴致是六月十五日前后突上心头的，那是春天的强烈气息让人的心向往旅行和爱情的时候。

不过我不是爱好旅行的人。变换地方，在我看来是无益而又累人的事。火车上的夜晚，在车厢的摇晃中睡觉，头昏脑涨，四肢酸痛；在滚动的匣子里频频被震醒，疲惫不堪；皮肤上那积垢的感觉，像飞尘般落在眼睛和毛发上的那些脏东西，没法不吞进去的那煤灰的气味，在餐车的穿堂风里吃的劣质晚餐，以我之见，对一场找乐子的游戏来说，就是个糟糕的开端。

在特快列车上的这场序幕之后，还有旅馆里，人满为患而又举目无亲的大旅馆里的忧伤，陌生的客房让人感到凄凉，床是否干净大可怀疑，——别的都不要紧，我最注重的是我的床，它是生命的圣殿；人们把赤裸裸的疲惫的肉体托付给它，就是为了在洁白的床单和温暖的羽绒被之间获得休息，恢复活力。

我们在那儿度过人生最甜蜜的时光，爱恋和睡眠的时光。床是神圣的。它理应受到我们的尊敬和崇拜，作为我们在世上拥有的最美好最亲密的东西备受喜爱。

可是每当我掀起旅馆床上的被毯,我就厌恶得战栗。前一天夜里有人在这被单里干过什么?有多少不清洁、令人作呕的人在这张床垫上睡过?于是我想到我们每天接触的那些令人厌恶的人,丑陋的驼背人,满脸粉刺的皮肉,黢黑的手,以及让人联想到的同样龌龊的脚和身体的其他部分。我想到擦肩而过的那些人散发出的难闻的大蒜和人的气味。我想到畸形的人,化脓的人,病人的汗味,人类的各种丑恶和各种污秽。

这一切都曾出现在我将要睡的这张床上。我把脚伸进被毯时只觉得恶心。

还有旅馆的晚餐,在那些可恶或者可笑的人中间时间拖得很长的晚餐,坐在餐厅的小桌前,面对灯罩下的暗淡烛光,孤独得可怕的晚餐!

还有那些在陌生城市挨过的凄凉的晚上!您见过比夜色降临在一个异邦城市更令人伤感的情景吗?您在人来人往、扰扰攘攘中闷着头往前走,就像在梦里一样令您惊异。您看着那些从未见过而且再也不会见到的面孔,听着那些声音用您一点也不懂的语言讲些和您不相干的事。您感到自己就像一个迷失的人。您心里难受，两腿发软，精神沮丧。您走呀走，就像在逃遁；您走呀走，为了不回旅馆，因为您回旅馆会更感到失落，因为那里就相当于您的家，一个任何人付钱就可以有的家。您最后倒在一间灯火通明的咖啡馆的椅子上，里面的镀金饰物和耀眼灯光比大街上的黑暗更千百倍地让您感到压抑。面对堂倌跑步送来的一大杯泛着泡沫的啤酒，您感到可怕的孤独，您简直要发疯，您忽地萌生出一种离去的需要，去别的地方，不管去哪儿，只要不留在这里，不待在这大理石桌前，明亮的枝形灯下。您猛然发现人在世界上真的孤独，永远孤独，到处都孤独；在熟悉的地方，和熟悉的人接触，也只是给人一种人类友爱的幻象。正是在这些遥远的城市里，在这些失落的时刻，深沉的孤独的时刻，我们的思想才变得更开阔、清晰和深邃，我们才能一眼就纵览整个人生，而不受永远希望的镜片的局限，不受既有习惯和永远在梦想中期待的幸福的欺骗。

只有走到远方，人们才能理解一切是多么近，多么短暂和虚无；只有寻找未知，人们才能发现一切是多么微不足道和转瞬即逝；只有游遍世界，人们才能看到世界是多么小，而且几乎总是千篇一律。

啊！黑暗的夜晚，在陌生的街道上漫无目的地行走，我才了解了它们。我对它们的恐惧超过世上的一切。

因此，我绝不愿独自一人去意大利旅行，决定请我的好友保尔·帕维利做伴。

您了解保尔。对他来说，世界就是生活，就是女人。像他这样的男人很多。在他看来，有了女人存在，生活才充满诗意，光彩照人。地球能够居住，只因她们在那里；太阳辉煌而温暖，只因要把她们照亮；空气呼吸起来甜美，只因它从她们的肌肤掠过，让她们两鬓的短发飘拂；月亮那么迷人，只因它引发她们的梦想，赋予爱情懒洋洋的魅力。可以肯定地说，保尔的所有行为都有女人作为动机；他的所有思想，以及他的所有努力和所有希望，都和她们密不可分。

一位诗人讥讽过这种人：

> 我特别蔑视眼泪汪汪的游吟诗人，
> 他们口念一个人名眼望着一颗星，
> 在他们看来辽阔大自然空空如也，

如果马背上不带着丽赛特或尼侬。

那些人真可爱,他们为引起人们
对这可怜世界的关怀,煞费苦心,
把白色修女帽挂在绿色的山坡,
在平原的大树上系上一些衬裙。

永恒的大自然,声音微微颤抖,
那些不愿在幽谷中独自行走,
爱在瑟瑟林中梦想女人的人,
肯定听不懂您的神圣的乐音! ①

我跟保尔说请他和我一起去意大利旅游时,他起先断然拒绝离开巴黎,但是我对他讲起旅行中常有的艳遇,我对他说意大利的女人是多么公认地可爱;我让他相信在那不勒斯有望享受到一些美妙的乐趣,因为我已经有

---

① 此诗引自法国帕尔纳斯派诗人、莫泊桑的老师路易·布耶(1822—1869)的诗集《垂花饰和半圆花饰》。

一封引荐信给一个名叫米歇尔·阿摩罗索的先生,他广有人缘,可以为旅游者提供很多方便。保尔就上钩了。

2

六月二十六日,一个星期四的晚上,我们乘上了特快列车。这个季节去南方的人不多,全车厢只有我们。两个人的心情都不好,因为离开巴黎而郁郁不乐,惋惜向旅行的念头让了步,留恋清凉宜人的马尔利①,美丽的塞纳河,徐缓的河岸,驾一艘小船遨游的美好的白天,在岸边等待夜晚降临时半睡半醒的美好的黄昏。

保尔呆坐在他那个角落,列车刚一上路他就抱怨:"到那儿去真蠢。"

反正他改变主意已经来不及,我回他一句:"本来就不应该来。"

他没有回答。但是看着他那气急败坏的样子,我突然想笑。他确实很像一只松鼠。我们每一个人的轮廓里,

---

① 马尔利:全称马尔利-勒鲁阿,法国市镇,位于巴黎西郊,塞纳河畔,今属法兰西岛大区伊夫林省。

在人的外形下面,都保留着某种动物的特征,好像作为其原始种族的标志。有多少人长着獒犬的嘴,山羊、兔子、狐狸、马、牛的脑袋!保尔就是一只变成人的松鼠。他具有这种动物的锐利的眼睛,它的红毛,它的尖鼻子,它的矮小、轻盈、灵活和好动的身体,然后是整个举止的类似。我怎么知道是什么类似?姿势、动作、姿态的类似,仿佛是从记忆中来的。

最后,我们两个都睡着了;这嘈杂的火车里的睡眠,不时地被胳膊和脖子的强烈抽筋和列车的突然停止打断。

醒来时列车正沿着罗讷河①行驶。很快,知了持续不断的叫声从车窗传进来,这叫声就像这热烘烘的土地

---

① 罗讷河:源自瑞士阿尔卑斯山脉,流经法国东南部,注入地中海。

的心声，普罗旺斯①的歌声，它把南方欢快的情感，灼热的泥土气息，遍种灰绿叶矮壮油橄榄树的多石、明亮的土地的气味，送到我们的脸上，送进我们的胸膛和我们的心灵。

列车又停了，一个铁路员工沿着列车跑起来，一边跑一边响亮地喊着"瓦朗斯"②，这是一声带着地方口音，带着纯粹地方口音的真正的"瓦朗斯"，知了用不断攀升的音调已经让我们领略过的普罗旺斯风味，随着这声"瓦朗斯"重又渗透我们的肌体。

直到马赛③，没有新的情况。

我们下车到餐厅吃了午饭。

当我们又回到车厢时，只见一个女人坐在那里。

保尔向我投来一瞥惊喜的目光，不自觉地用手捻了

---

① 普罗旺斯：法国东南部的一个有着悠久历史和文化传统的地区，和意大利接壤，毗邻地中海，是从地中海沿岸延伸到内陆的丘陵地带。屡经变迁，今大部分划入普罗旺斯－阿尔卑斯－蓝色海岸大区。
② 瓦朗斯：法国东南部一市镇，今奥维涅－罗讷－阿尔卑斯大区德隆省省会。
③ 马赛：法国东南部濒临地中海的重要港口城市，今普罗旺斯－阿尔卑斯－蓝色海岸大区首府，罗讷河口省省会。

捻他短短的唇髭；接着，他稍稍掀起帽子，把五个手指分开，像梳子一样理了理被一夜旅行弄得很乱的头发；然后，他就在陌生女子对面坐下。

不管是在路上还是在社交场上，我遇到一个新的面孔，总像着了魔似的，要猜测在这些线条后面隐藏着什么样的灵魂、什么样的智慧、什么样的性格。

这是一个年轻女子，非常年轻，非常漂亮，肯定是一个南方姑娘。她那双眼睛美极了，一头波浪起伏、有点卷曲的黑发赏心悦目，那么浓密，那么旺盛，那么长，好像很重，只要看一眼就可以感觉到压在头上的分量。她穿戴讲究，不过有某种南方人的粗俗品位，显得有点俗气。她面部的线条虽然端正，但是欠缺一点优雅，欠缺那种高雅人种的完美，欠缺那种贵族子女与生俱来、作为高贵血统遗传标志的轻松细腻。

她戴的手镯太粗，不可能是真金的，耳环上缀着的透明石头太大，不可能是钻石。她整个人带有一种我也说不清的庶民的气味。不难猜想，她说话定然是大嗓门，遇到什么事都会指手画脚地大叫大嚷。

列车又开了。

她坐在座位上一动不动，眼睛凝视前方，沉着脸，带着一副赌气的女人的神态。她甚至没有看我们一眼。

保尔跟我聊起来。他故意说些耸人听闻的事；他就像商人夸耀精选的商品，企图勾起顾客的欲望一样，在谈话里显摆卖弄，极力引人注意。

但是她好像根本就没有听。

"土伦！停车十分钟！去餐车吃饭啦！"铁路员工叫喊。

保尔示意要我下车。一下到站台，他就问我："你说说看，这可能是个什么样的人？"

我笑了起来："我呀，我不知道。这对我无所谓。"

他却很来劲："这妞儿又漂亮又娇嫩。眼睛多美呀！不过，看样子她好像不大开心。她可能遇到了什么烦心事，对什么都不感兴趣。"

我低声说："你别白费力气了。"

保尔有点生气："我才不费力气呢，我亲爱的；我只是觉得这个女人很漂亮，如此而已。——咱们跟她说说话？可是跟她说什么呢？喂，你就没有一点想法？你就猜不出她是个什么样的人？"

"天哪,我可猜不出。不过我倾向于,这是一个蹩脚的女戏子,为爱情私奔了一段时间,现在要回剧团去。"

他好像很扫兴,就像我说了什么伤他感情的话似的。他接着说:"你凭什么这样想她?相反,我觉得她挺规矩。"

我回答:"你看看她那些手镯,我亲爱的,还有那些耳环和她的穿着。如果她是个舞蹈演员,甚至是个马术演员,我也不会惊讶,不过她更像是个舞蹈演员。她整个人身上都散发着一股戏园子的气味。"

这想法肯定让他难以接受:"她还太年轻,我亲爱的,她还只不过二十岁。"

"可是,我的好伙计,世上有很多事是二十岁以前就可以做的,跳舞和朗诵就属于这一类,还不算另一些也许她独自干的事。"

"去尼斯①、文蒂米利亚②的特快列车旅客,上车啦!"铁路员工叫喊。

---

① 尼斯:法国东南部濒临地中海的城市,普罗旺斯-阿尔卑斯-蓝色海岸大区滨海阿尔卑斯省省会。
② 文蒂米利亚:意大利市镇,在意大利和法国接壤处。

得上车了。我们的邻座女士正在吃橙子。可以肯定地说，她的吃相并不高雅。她把手绢垫在膝盖上；撕掉金黄色的橙皮，张开嘴，把橙子四分之一四分之一地往嘴里塞，把籽儿往车窗外面吐，这些动作都透露出她在习惯和举止上接受的教育平平。

而且她的眉头仿佛皱得更紧，她带着愤懑的神情迅速吞咽水果的样子真是可笑极了。

保尔却在用目光吞噬着她，一边寻思着怎样才能引起她的注意，搅动她的好奇心。他又和我聊起来，谈话中抛出一连串高见，提到许多名人，好像跟他们是熟人一般。但她对他的努力毫不领情。

火车驶过弗雷居斯①、圣拉斐尔②，奔驰在这花园，这玫瑰的天堂，这同时结着白色花束和金色果实的茂盛的橙树林和柠檬树林，奔驰在这香料的王国，这鲜花的乐土，这从马赛蜿蜿蜒蜒直到热那亚的令人心旷神怡的

---

① 弗雷居斯：法国东南部一市镇，位于今普罗旺斯－阿尔卑斯－蓝色海岸大区瓦尔省。
② 圣拉斐尔：法国南部濒临地中海的一个市镇，今属普罗旺斯－阿尔卑斯－蓝色海岸大区瓦尔省。

海岸上。

沿这条海岸游览，六月最好。狭窄的山谷里，丘陵的斜坡上，各种最美的野花自由地生长。田野上，平原上，篱笆上，玫瑰，大片大片的玫瑰，让人目不暇接。它们在墙上攀缘，在屋顶上盛开，攀附在大树上，在绿叶丛中绽放，有白的，有红的，有黄的，有很小的也有硕大的，瘦小的穿着普通的单色连衣裙，丰腴的装束隆重而又亮丽。

而且它们的强烈气息，经久不散的气息，丰厚了空气，让它耐人寻味，令人心醉。最沁人肺腑的是花开时橙树的香味，它就像在我们吸入的空气里加了糖，为我们的嗅觉做了一道甜食。

平静的地中海，涤浴着这布满褐色岩石的漫长海岸。沉重的夏阳把火热的布幔垂落在高山上，长长的沙滩上，凝重静止的蓝色大海上。列车一直前行，钻进隧道，越过海角，在起伏的丘陵中滑行，在水面上方，墙壁一样陡直的峭壁上奔驰；一股隐约的淡淡咸味，一股晾晒的海藻的气味，夹着浓烈撩人的花香，不时地袭来。

不过保尔什么也不看，什么也看不见，什么也闻不到。那个女性旅客吸引了他的全部注意力。

车到戛纳①,他还有什么话要对我说,又示意要我下车。

刚走出车厢,他就抓住我的胳膊,说:

"你知道她非常可爱。你瞧她的眼睛。还有她的头发,我亲爱的,我从未见过这么美的!"

我对他说:"好啦,冷静些;不然,你就发起攻势,如果你一定要这么做。在我看来,她并不是攻不下的,虽然她看上去有点气嘟嘟的。"

他又说:"难道你,你就不能跟她说说话吗?我找不出什么要说的。一开始,我总是腼腆得愚蠢。我从来没有在大街上追赶着跟一个女人说话。我跟在她们后面,围着她们转,走近她们,却永远都找不到应该说的话。我只有一次尝试过交谈,因为我看到对方显然在等我先说些什么,而我也需要说些什么,我就结结巴巴地说:'您好吗,太太?'她冲着我的脸哼地冷笑了一声,

---

① 戛纳:法国南部濒临地中海的一个重镇,今属普罗旺斯-阿尔卑斯-蓝色海岸大区滨海阿尔卑斯省。

我连忙逃之夭夭。"

我答应保尔运用我的全部机智,为他找到一次谈话的机会。等我们回到自己的座位时,我便和蔼地问我们的邻座女士:"抽烟妨碍您吗,太太?"

她回答:"Non capisco."①

她是意大利人!我真想放声大笑。保尔对这种语言一窍不通,我得给他当翻译才行。我就开始扮演我的角色。于是我用意大利语说:

"我问您,太太,吸烟是不是一点也不妨碍您?"

她恶狠狠地冲我扔了一句:"Che mi fa!"②

她既没有扭过头来,也没有看我一眼。我不知所

---

① 意大利语:"我不懂。"
② 意大利语:"我无所谓!"

措，不知道该把这句"我无所谓"视为允许还是拒绝，抑或仅仅是一种不在乎的表示，或者只是在说："别打扰我。"

我又说一遍："太太，吸烟是不是一点也不妨碍您？"

这时她回答："Mica."① 那语调就等于在说："让我清净些吧！"这毕竟可以理解为一种允许，我便对保尔说："你可以吸烟。"就像那些想了解别人在您面前说的外国话是什么意思的人一样，他用好奇的目光看着我，带着十分滑稽的表情问我：

"你跟她说了什么？"

"我问她，我们是否可以吸烟。"

"这么说，她不懂法语？"

"一个字也不懂。"

"她怎么回答的？"

"她允许我们想做什么就做什么。"

我点着了一支雪茄。

保尔又问："她只说了这些？"

---

① 意大利语："一点不。"

"我亲爱的,如果你统计过她说的话,就会知道她不多不少说了六个字,其中两个字还是为了让我明白她不懂法语。所以剩下的也就是四个字。而用四个字的确不可能表达很多意思。"

保尔看来无奈极了,失望极了,困惑极了。

突然,那意大利女子用同样的、对她来说也许是很自然的闷闷不乐的语调问我:"您知道我们几点钟到热那亚吗?"

我回答:"晚上十一点,太太。"沉默了一分钟以后,我又说,"我的朋友和我,我们也去热那亚,如果在旅途中有什么地方可以为您效劳,请相信,我们会非常荣幸。"

见她不回答,我又重复道:"您独自一个人,如果您有什么需要我们效劳的地方……"她又干脆地说了一遍"Mica",说得那么坚决,我连忙住口。

保尔问:

"她说什么?"

"她说她觉得你很可爱。"

不过他可没有开玩笑的兴致,他冷冷地要求我别嘲弄他。于是我把年轻女子的问题和我那惨遭拒绝的殷勤建议，都翻译给他听。

他真像关在笼子里的松鼠一样不安分。他说："如果能知道她住在哪家旅馆，我们也去同一家。你尽可能巧妙地问问她，制造一个新的机会跟她说说话。"

这真不容易，我只好没话找话了，何况我自己也很想了解了解这个很难相处的女人。

列车已过尼斯、摩纳哥①和芒通②，在边界停下检查行李。

我虽然很厌恶缺乏教养的人在车厢里吃午饭和晚饭，我还是去采购了大量食品，尽最大努力满足我们这位女性旅伴的食欲。我清楚地感觉到，这个姑娘平常应该是很随和的。一定是一件不顺心的事让她变得脾气暴躁，不过，也许一点点小事，唤醒她的一个欲望，对她说一句暖心的话，向她提出一个恰到好处的建议，就能让她展开眉头，让她改变，甚至把她征服。

---

① 摩纳哥：欧洲的一个城市和公国，位于阿尔卑斯山脉伸入地中海的悬崖上，是著名的赌城。
② 芒通：法国东南部市镇，接近法国和意大利边境，今属普罗旺斯－阿尔卑斯－蓝色海岸大区滨海阿尔卑斯省。

列车又开动。车厢里仍然只有我们三个人。我把买来的食品摊在座椅上,把烤鸡切成块,把火腿片优雅地放在一张纸上,然后又把我们的甜食:草莓、李子、樱桃、蛋糕和糖果,小心翼翼地摆放在紧靠年轻姑娘的地方。

她见我们开始吃了,便从一个小包里取出一块巧克力、两个羊角面包,然后就开始用她那美丽尖利的牙齿,吃起松脆的面包和巧克力来。

保尔压低声音对我说:

"请她一块儿吃呀!"

"这正是我的意思,我亲爱的,但是万事开头难。"

她时而向我们的食品这边瞅一眼,我清楚地感到,她吃完了两个羊角面包,一定还饿。我便任她先吃完她的有限的晚餐。然后,我问她:

"太太,您肯赏光,接受我们这些水果中的一个吗?"

她又回答:"Mica!"不过声音不像白天那样凶狠狠的了。于是我进一步说:"那么,您愿意我献给您一点葡萄酒吗?我看见您什么也没喝。这是贵国的葡萄酒,意大利葡萄酒,既然我们现在到了你们这儿,我们非常乐意看到一张漂亮的意大利女人的嘴接受她的法国邻居的献礼。"

她轻轻地摇摇头,做了个"不"的表示,有拒绝的意志,却也有接受的意愿,虽然又说出一个"Mica",不过已经几乎是彬彬有礼的了。我拿起按意大利习惯包着麦秸的酒瓶,倒了一杯,递给她。

"请喝吧,"我对她说,"就当是对我们来到贵国表示欢迎。"

她愁眉不展地拿起酒杯,一饮而尽,就好像这女人正受着渴的煎熬;然后,连"谢谢"也不说一声,把酒杯还给了我。

这时我又向她献上樱桃:"吃吧,别客气。您看得很清楚,您让我们很高兴。"

她从她那个角落瞅着摆在她身旁的所有那些水果,快得我几乎听不清地说:"A me non piacciono, ne le ciliegie, ne le susine ; amo soltanto le fragole."①

"她说什么?"保尔立刻问。

---

① 意大利语:"我不喜欢樱桃,也不喜欢李子;我只喜欢草莓。"

"她说她不喜欢樱桃,也不喜欢李子,只喜欢草莓。"

我把摆满欧洲草莓的报纸放在她膝头。她立刻麻利地吃起来,用手指尖捏着,隔着一点距离,把草莓抛出去,同时张开嘴一下子接住,那样子又俏皮又可爱。

几分钟的时间里,我们眼看着那一小堆红色果实在减少、融化,直到完全消失在她两只手的迅速动作里。等她吃完草莓,我问她:"现在,我可以再向您献上什么呢?"

她回答:"我很愿吃一点鸡肉。"

她就像一头食肉动物那样,运转颌骨,大口大口,狼吞虎咽了足足半只鸡。接着,她决定再吃一些她不喜欢的樱桃;接着是李子;继而是蛋糕;然后说:"够了。"她又蜷缩到自己那个角落里。

我开始感到十分有趣,我想让她再吃一些,便加码说了更多恭维话来打动她,一样接一样地献上好几种美食。但是她突然又变得暴躁起来,冲着我连说了几个"Mica",而且是那么声严色厉,我再也不敢冒险打扰她的消化。

我转向我的朋友:"我可怜的保尔,我想我们是白费力气了。"

黑夜来临，一个炎热的夏夜缓缓降临，把它温暖的黑影铺展在灼热、疲倦的大地上。远远的大海上，这里一处那里一处，在岬角上，在岬角的顶上，点点灯火闪亮；星星也开始显现在黑暗的天际，我有时还误以为是灯塔呢。

橙树的香味变得更强烈；我们陶醉般地呼吸着，扩展肺腑深深地畅饮着。熏香的空气里，仿佛有某种温柔、甜美、神秘的东西在飘荡。

突然，我发现在铁路边的大树下，在已经漆黑的夜色里，有什么东西，犹如一阵星雨，像跳跃的光点似的飞舞着，游戏着，在叶丛中奔跑，仿佛星辰自天而落，到人间欢聚。原来是一些黄萤，这些火焰般的萤虫，在芳香的空气里舞动着，跳着奇特的火的芭蕾。

一只黄萤偶然飞进我们的车厢，到处漫游起来，时而闪亮，时而熄灭，间歇地闪耀着。我用蓝纱罩遮住我们的油灯，我看着这神奇的萤虫扇动它闪光的翅膀自由地飞来飞去。突然，它落在晚饭后正在打盹的我们的女邻座的黑发上。保尔依然心醉神迷，眼睛盯着睡女人额头上那犹如活动的珠宝似的闪烁的亮点。

大约十点三刻的时候,意大利女人醒了,那闪亮的小虫还在她的头发上。我见她动弹了一下,便说:"我们到热那亚了,太太。"就像仍然被一件令她苦恼的顽念困扰着似的,她没有看我,而是小声嘀咕着:"我现在怎么办呢?"

然后,她突然问我:

"您愿意我跟你们一起走吗?"

我一下子愣住了,不明白是怎么回事。

"怎么,跟我们走?什么意思?"

她越来越生气,又说了一遍:

"您愿意我立刻就跟你们走吗?"

"我当然愿意;可是您要去哪儿呢?您愿意我带您去哪儿呢?"

她耸耸肩膀,带着一副极其冷淡的神情,说:

"随您的便,我无所谓。"

她重复了两遍:"Che mi fa!"

"不过,我们是要去旅馆呀?"

她用完全不在乎的语调说:"好呀,那就去旅馆。"

我转身对保尔说：

"她问，她是不是可以跟我们一起去。"

我的朋友大吃一惊，这倒让我恢复了冷静。他反问：

"跟我们一起去？去哪儿？为什么？怎么去？"

"你问我，我也不知道！她刚才用恼怒的语调向我提出这个建议。我回答我们去旅馆；她回答：好呀，那就去旅馆！她想必一个子儿也没有。这倒没关系，只是她交朋友的方式太奇特了。"

保尔激动得直打哆嗦，大喊："当然可以啦，我很乐意，告诉她，她愿意去哪儿，我们就带她去哪儿。"他犹豫了片刻，用不安的语调接着说，"不过，得知道她跟谁去？跟你，还是跟我？"

我转向意大利女子；她好像又陷入完全心不在焉的状态，甚至不在听我们说话。我对她说："太太，我们很荣幸带您跟我们一起走。只不过，我的朋友想知道，您想挽着谁的胳膊走，我的胳膊，还是他的？"

她对我睁着黝黑的大眼睛，隐约有些惊讶："Che mi fa?"

我解释道："我印象中，在意大利，人们把留意一个女人的所有意愿、关心她的所有意志、满足她的所有爱好的人称作男朋友,一个patito①。在我们两人当中,您愿意谁做您的patito呢?"

她毫不犹豫地说:"您!"

我转身向着保尔:"她选了我,我亲爱的,你没有运气。"

他窝火地说:"你满意了。"

保尔思忖了一会儿,又说:"难道你一定要带这个野鸡一起走吗?她会败坏我们这次旅游的。你想要我们拿这个女人怎么办?她来历不明不白。正派的旅馆甚至都不会接待我们!"

但是我恰恰开始觉得这个意大利女人比最初认为的好多了;我坚持,是的,我现在坚持要带她一起走。我甚至很高兴有这个想法,我已经感到对一个爱情之夜的前景的期待在血管里激起的小小震颤了。

我回答:"我亲爱的,我们已经答应了。打退堂鼓太迟了。是你首先建议我回答'可以'的。"

---

① 意大利语,意为"男朋友"(近乎旧时风流骑士的含义)。

他低声抱怨着："真愚蠢！总之，随你的便吧。"

列车鸣响汽笛，减低速度；我们到了。

我走下车厢，然后把手伸给我的新旅伴。她轻快地跳到地面，我把胳膊伸给她，她不情愿地挽起来。认领了行李，我们就出发往城里走。保尔迈着不耐烦的步子，一声不吭地走着。

我对他说："咱们去哪个旅馆？带着一个女人，尤其是这个意大利女人，现在去'巴黎城'也许有些困难。"

保尔打断了我的话："是的，带着一个不像公爵夫人而更像婊子的意大利女人。总之，这跟我没关系。你爱怎么做就怎么做吧！"

我不知所措。我已经写信给"巴黎城"为我们订了一个套间……而现在……我真不知道该怎么决定了。

两个行李搬运工推着行李跟在我们后面。我又对保尔说："你最好先去。你说我们就到。你话里让老板知道我是带着一个……女朋友，我们希望有一套把我们三个人完全分开的客房，别和其他游客混在一起。他会明白的，咱们等他回答了再决定。"

保尔抱怨道："多谢啦，这种差事和这个角色可不适合我。我不是到这儿来给你安排房间和玩乐的。"

但是我坚持求他："算了吧，我亲爱的，别生气啦。住一个好旅馆肯定比住一个差的强，再说向老板要一套带餐厅的三间分开的客房也不是很困难的事。"

我在"三"字上加重语气。这让他下了决心。

于是他先走了，我看见他走进那家华丽旅馆的大门，而我就留在马路对面，拖着我的闷声不吭的意大利女人，运行李的工人亦步亦趋地紧随在身后。

保尔终于回来了，他那副表情跟我的女伴一样阴沉："妥了，"他说，"他们答应了，不过只有两个房间。你想怎么安排就怎么安排吧。"

我跟着他进去。带着一个形迹可疑的女人，我不免有些汗颜。

我们果然只有两个房间，中间隔着一个小小的客厅。我要店家给我们上一道冷食夜宵；然后，我有点为难地转身对意大利女人说：

"我们只弄到两个房间，太太，您喜欢哪一间就选哪一间吧。"

她的回答是一个永远一成不变的"Che mi fa！"。于是我从地上拿起她的黑色小木箱，一个真正的女仆的行李箱，把她送到我为她……也是为我们选定的右面的那个房间。箱子上贴着一张方纸条，一个法国人的手笔在上面写下："弗兰西斯卡·隆多利小姐，热那亚"。

我问："您叫弗兰西斯卡？"

她没有回答，只点头称"是"。

我又说："我们一会儿吃夜宵。在这以前，您也许要梳洗一下吧？"

她用一个"Mica"回答我。在她嘴里，这是和"Che mi fa！"同样常说的话。我坚持说："乘火车旅行以后，洗一洗是多么舒服呀。"

接着，我想她也许没有带妇女梳洗必不可少的用品，因为我觉得她好像刚从什么不愉快的遭遇中脱身出来，肯定还处在特别困难的境地，于是我把自己装梳洗用品的盒子拿给她。

盒子里面有各种卫生小用品：一个指甲刷，一把新牙刷——因为我总随身带着一整套东西——我的剪刀，我的锉子，几块海绵。我把一小瓶含龙涎香的薰衣

草香水和一小瓶新刈干草香水的瓶塞拔掉，让她去选用。我打开我的粉盒，里面放着粉扑。我从我的精制毛巾中取出一条，搭在水罐上，又把一块没用过的肥皂放在脸盆旁边。

她睁着怒气未消的大眼睛注视着我的每一个动作，对我的美意既不表示惊讶也不表示满意。

我对她说："您需要的东西都在这里了，夜宵准备好以后我就来通知您。"

我回到客厅。保尔已经住进另一个房间，把自己关在里面。我便独自一人待在那里等着。

一个侍者来来去去，送来盘子、酒杯。他有条不紊地摆放好餐具，然后把一只冷鸡放在桌子上，对我说可以吃了。

我轻轻敲了敲隆多利小姐的房门。她喊道："进来。"我走了进去。我顿时感到一股令人窒息的香水气味，理发店里常常闻到的那种强烈、浓重的气味。

意大利女人坐在她的箱子上，神态像是一个不满的冥想女人，或者被辞退的女用人。我看了她一眼，品味了一下她所理解的梳洗是怎么回事。毛巾还折得好好的，放在满满的水罐上。干干的肥皂根本没动过，放在空空的水盆旁。不过，这年轻女子好像把几瓶香精都喝掉了一半。古龙香水用得还算节省，瓶子里只少了将近三分之一。作为平衡，她把含龙涎香的薰衣草香水和新刈干草香水消耗得惊人。香粉像淡淡的白雾，还在空气里飘浮，因为她脸上脖子上都抹了很多。她的睫毛上、眉毛上和两鬓上都挂着雪，面颊像糊了石膏，脸上的每个凹陷、鼻翼、下巴的小窝、眼角，都看得到一层深深的香粉。

她站起来的时候，发出的气味是那么强烈，我感到一阵头痛。

我们坐下，准备吃夜宵。保尔的情绪已经变得糟透了。我只能引出他几句责怪的话、充满火气的看法和话里带刺的恭维。

弗兰西斯卡小姐吃起来就像个无底洞。一吃完,她就在长沙发上打起盹来。而我则犹如芒刺在背,眼看分配房间的决定性时刻逐渐到来。我决定赶快了结这件事,于是我在意大利女人身旁坐下,自作多情地亲吻了一下她的手。

她微微睁开疲乏的眼睛,从抬起的眼皮底下向我投来睡意正浓但是始终愤愤的一瞥。

我对她说:"既然我们只有两个房间,您允许我跟您一起到您的房间住吗?"

她回答:"随您的便。我无所谓。——Che mi fa!"

她如此无动于衷,颇让我的自尊心受伤:"这么说,我跟您去,您不会感到不愉快了?"

"我无所谓。随您的便。"

"您想立刻就睡吗?"

"是的,我想;我困了。"

她站起来,打了个哈欠,把手伸给保尔;保尔气愤地握了一下;而我为她掌着灯,送她到我们的房间。

但是一种不安的心情始终萦绕着我,我又对她说:"瞧,您需要的东西都在这儿。"

我特意把水罐里的水倒了一半在脸盆里,把毛巾放在肥皂旁边。

然后,我回到保尔那里。他见我回来,就直斥:"你带来的真是个不折不扣的婊子!"我笑着反驳道:"我亲爱的,别因为葡萄绿就说葡萄酸。"

他幸灾乐祸地接着说:"你瞧吧,有你后悔的,我的好伙计。"

我打了个寒战。那可疑的爱情之后总困扰着我们的恐惧,那会让美妙的邂逅、意外的温存、所有在艳遇中赢得的亲吻黯然失色的恐惧,突然涌上我心头。但我还是硬着头皮充好汉:"算了吧,这个姑娘绝不是放荡的女人。"

可是这坏蛋,他把我看透了,他已经看到我脸上掠过的不安的阴云:"你了解她什么呢?我觉得你真让人惊讶!你在车厢里捡到一个单身旅行的意大利女人;她真是少有的厚颜无耻,竟然在碰到的第一个旅馆就要跟你睡觉;你把她带了来,还硬说她不是妓女!你居然还以为,今晚冒的危险不比在一个……一个患天花的女人床上过夜更大!"

他笑着,笑里藏着恶意和恼怒。我坐下,苦恼万分。我该怎么办? 因为他说得有道理。恐惧和欲望,在我心里进行着一场可怕的搏斗。

他又说:"随你的便,反正我警告过你了;你有了麻烦可不要埋怨。"

但是我在他眼里看到一种那么具有讽刺意味的快意,一种那么带着报复意味的快意,一种那么兴高采烈的嘲讽,我反而不再犹豫。我向他伸出手,对他说:"晚安!

无危险而克敌,虽胜不荣。①

"说真的,我亲爱的,为了胜利,危险也值得。"

说罢,我就迈着坚定的脚步,走进弗兰西斯卡的房间。

我在门口愣住了,因为意外,也因为惊奇。她正在酣睡,浑身赤裸地躺在床上。她刚脱了衣服,困倦突然

---

① 此诗句引自法国剧作家高乃依(1606—1684)的剧本《熙德》第二幕第二场。

袭击了她,她便像提香①画布上的伟大女性那样,以美妙动人的姿态休息。

看来她脱完袜子就困倦得倒下,因为袜子还留在床单上;后来,她想到了什么事,想必是件愉快的事,因为她在又起来以前等了片刻,好完成她的遐想;接着,她慢慢闭上眼睛,终于失去了意识。一件领口绣花的睡衣,在一家成衣店买的睡衣,初次尝试的奢侈品,摊放在一把椅子上。

她年轻、可爱、结实而又鲜嫩。

还有什么比睡梦中的女人更美的呢?这身体的每一个轮廓都是柔和的,每一个曲线都是诱人的,每一块

---

① 提香:全名蒂齐亚诺·韦切利奥,又译提齐安诺(约1489—1576),意大利文艺复兴后期威尼斯画派的代表画家。

柔软的隆起都缭乱人心，这身体仿佛就是为在床上一动不动地展示而创造。这起伏的线条，在侧腹部凹下去，在胯部高耸，在大腿部沿着柔和的微微斜坡下降，最后那么优雅地在脚尖结束，只有横卧在一张床的床单上才能勾画出它的全部美妙。

有那么一刹那，我几乎要忘掉我的伙伴的谨慎忠告了；不过忽然，我向梳妆台转过身去，看到我放在那里的东西竟然原封未动，全在那里。我颓丧地坐下，心乱如麻，因为下不定决心而备受折磨。

我肯定在那里待了很长时间，很长很长的时间，也许有一个钟头，什么也不能决定，无论是大胆前进，还是临阵脱逃。再说，撤退对我来说是不可能的，我要么在一张座椅上过夜，要么也躺下睡觉，甘冒生命的危险。

至于睡在这儿还是睡在那儿，我大概根本就没有考虑，我的脑子太乱，眼睛太忙。

我激动，兴奋，不安，又紧张，不停地抓耳挠腮。接着，我做出一个懦夫的推理："只要不承担任何义务，我躺下又何妨？在床垫上休息总比在椅子上舒服。"

于是我慢慢地脱掉衣服，然后跨过睡觉的女人，面朝墙躺下，把脊背对着诱惑。

我还是很久，很久很久没有睡着。

突然，我身旁的女人醒了。她睁开惊讶然而永远是不悦的眼睛；接着，发现自己赤身裸体，便起身，不慌不忙地穿上睡衣；她那么镇定自若，就像我不在那儿似的。

于是……说实话……我就利用了这时机；再说，她也没显出丝毫的顾虑。而且她又平静地睡着了，头枕在自己的右胳膊上。

而我就思考起人类的不慎和弱点来。最后，我也昏昏睡去。

就像个习惯了清晨干活的女人似的，她很早就穿好了衣裳。她起床的动作把我弄醒了，我透过半睁的眼皮偷偷看着她。

她走过来走过去，不慌不忙，好像因为什么事也不需要做而感到惊奇。然后她决定走到梳妆台前，在一分钟时间里把我的几个小瓶里剩下的香水全部倒光。没错，她也用水，但是很少。

她完全穿好了衣裳,又在她的箱子上坐下,两手抱着一个膝盖,陷入沉思。

我装作刚发现她在那儿,问候道:"您好,弗兰西斯卡。"

她并不显得比前一天和蔼,只低低地说了声:"您好。"

我问:"您睡得好吗?"

她点了点头,表示睡得好;我跳下床,走上前要拥吻她。

她像不乐意让人抚弄的孩子似的,带着厌烦的神情把脸伸给我。于是,我温柔地搂着她(酒已经斟出来,我要是不喝,那才叫真傻呢),把嘴唇慢慢地贴在她闭上的那双总在生气的大眼睛上;但是当我再吻她白皙的面颊、丰满的嘴唇时,她扭过头去。

我对她说:"您是不是不喜欢人家吻您?"

她回答:"Mica."

我在她的箱子上紧挨着她坐下,把我的胳膊从她的胳膊下伸过去:"您总是Mica!Mica!Mica!我以后就只叫您Mica小姐。"

我第一次自信在她的嘴上看到一丝笑容,不过很快就一闪而过，也可能我搞错了。

"但是，如果您总是回答'Mica'，我真没法知道怎样才能让您高兴了。就说今天吧，我们做什么呢？"

她犹豫了一下，仿佛一种欲望掠过她的脑海，不过她仍然漫不经心地说："我无所谓。随您的便。"

"那好，'Mica'小姐，咱们就租一辆马车，去游览。"

她咕哝道："随您的便。"

保尔正在饭厅里等我们，脸上带着恋爱中的第三者的那种厌烦的神情。我强装出一副乐不可支的样子，用力跟他握了握手，这力量里不言自明地满含着胜利者的志满意得。

他问："你打算做什么？"

我回答："咱们先在城里转转，然后租一辆马车去近郊几个地方看看。"

吃午饭时大家都沉默寡言。然后，我们就出发，走过一条又一条街道，参观一些博物馆。弗兰西斯卡挽着我，我拖着她从一座宫殿走到另一座宫殿。我们跑遍了斯皮诺拉宫、多利亚宫、马尔塞罗·杜拉索宫、红宫和白宫①。她什么都不看，只偶尔抬起疲惫而又毫不在意的眼睛看几眼那些杰作。保尔气急败坏，一个劲地咕哝着难听的话。接着，我们又乘马车在乡间转了转。三个人都一言不发。

然后，我们就回去吃晚饭。

第二天的情况一样，第三天仍然一样。

第三天，保尔对我说："告诉你，我要跟你分手了；我总不能待上三个星期瞅你跟这个婊子做爱。"

我甚为困惑，十分为难，因为令我大为惊讶的是，我竟然非常奇怪地喜欢上弗兰西斯卡。男人真是软弱而又愚蠢，很容易受到影响，一旦感觉受刺激，被制服，就会让步。我已经依恋上这个我一点也不了解的姑娘，依恋上这个不爱说话、总是闷闷不乐的姑娘。我喜欢她气嘟嘟的脸，一直撇着的嘴，总是烦恼的眼神；我喜欢她疲乏的姿态、轻蔑的同意，直到她对爱抚的无动于

---

① 热那亚的斯皮诺拉宫是位于市中心的历史建筑，以室内装潢著称；多利亚宫是市政厅，现已名列世界文化遗产；马尔塞罗·杜拉索宫是十七世纪的豪华住宅，也名列世界文化遗产；白宫和红宫中有许多收藏丰富的艺术画廊。

束。一根秘密的链条，那动物间爱情的神秘链条，那对占有的不知餍足的秘密链条，把我留在她身边。我把这一切都坦诚地告诉了保尔。他骂我是傻瓜，然后对我说："那么，你就带她走吧。"

但是她执拗地拒绝离开热那亚，也不愿意解释为什么。我又是央求，又是说理，又是许诺；毫无作用。

我只好留下。

保尔宣称要一个人走。他甚至收拾好了箱子，不过他也同样留下。

又过了两个星期。

弗兰西斯卡一如既往地闷声不吭，气呼呼的，生活在我身边，却和我貌合神离。我问她任何问题，向她提出任何建议，她永远回答"Che mi fa！"或者"Mica"。

我的朋友的怒气再也难消。他每次发火，我总是回答："你如果感到烦闷，你可以走。我不强留你。"

这时，他就骂我，责怪我，大嚷："可是事到如今你让我去哪儿？我们本来有三个星期的时间可以支配，现在已经过了两个星期！你这时才跟我说我可以继续这次旅行，太迟了！另外，你说这话，就好像当初是

我要一个人去威尼斯、佛罗伦萨和罗马似的!不过这笔账我总要跟你算的,而且比你想象的还要多。把一个人从巴黎弄来,把他跟一个放荡的意大利女人关在热那亚的一个旅馆里,这是不行的!"

我心平气和地对他说:"那么,你就回巴黎。"他大嚷着回答:"我正要这么做,而且最晚明天!"

可是第二天,他还是像前一天一样留下来,尽管仍然怒气冲冲,骂骂咧咧。

现在,当地人都认识我们了,因为我们从早到晚在大街上，在这个城市没有人行道的狭窄街道上游荡。热那亚就像一座巨大的石头迷宫，开凿了许多地道似的过道。我们走在这些过道里，穿堂风呼呼地吹；走在两边高墙之间紧密的小路上，只能看到一线天空。有时一些法国人回过头来，惊奇地发现自己的同胞和一个意大利姑娘在一起，这姑娘一脸无精打采，梳妆很扎眼，看上去举止很古怪，在我们中间很不协调，甚至给人不好的印象。

她走路的时候倚着我的胳膊，什么也不看。她为什么留下来跟着我，跟着我们，既然我们给她的乐趣这么少？她是什么人？她从哪儿来？她过去做什么？她有一个计划，一个想法吗？或许她就是茫无目的地，靠着邂逅和机会过日子？我试图了解她，深入她的内心，解释她的为人，可是白费功夫。我越认识她，她越让我惊奇，对我越显得像个谜。可以肯定，她不是一个操皮肉生涯的坏女人。我看她更像是一个穷人家的女孩，被人引诱、拐走、抛弃，现在走投无路了。她打算做什么呢？她在等待什么呢？因为她根本不像在力图征服我，也不像要在我身上得到什么实在的好处。

我曾试着向她打听，让她讲讲她的童年，她的家庭。她不回答。我留下来跟她在一起，心灵虽自由，肉体却被钳住。我把这个脾气坏但是非常美的女人搂在怀里，绝不会疲倦，而是像一个动物似的配对。我被一种性感所吸引，或者说被一种性的魅力，被一种从她、从她香喷喷的皮肤、从她的肌体的有力线条释放出的青春、健康、强大的魅力所吸引和征服。

一个星期又过去了。我们的旅行的期限临近了，因为我必须在七月十一日回到巴黎。保尔虽然一直在骂我，现在却也差不多容忍了这桩艳遇。而我呢，我挖空心思地想出种种娱乐、消遣和游玩让我的情妇和我的朋友开心；我真是自讨苦吃。

一天，我向他们提议徒步去游览桑塔·玛格丽塔①。那是一个在几座花园环抱中的十分可爱的小城，隐藏在一个山坡脚下，那山坡在海水中远远地延伸，直到波尔托维诺村。我们三个人正沿着景色宜人的山边公路走，弗兰西斯卡突然说："明天，我不能跟你们一起出来玩，

---

① 桑塔·玛格丽塔：意大利城镇，在热那亚近郊，以温泉浴著称。

我要去看亲戚。"

她不再说下去。我也没有再问她,因为我肯定她绝不会回答。

第二天,她果然很早就起床。然后,因为我还躺着,她就在我脚边坐下,神情不安、为难又有些犹豫地对我说:"如果我今晚不回来,您会不会来找我?"

我回答:"当然,肯定会。去哪儿找您呢?"

她对我解释道:"您先到维克多-艾马努埃尔街,然后穿过法尔考纳过道和圣-拉斐尔小路,您从一个家具商的房子走进去,院子最里头,右边那座房子,您说找隆多利太太。就在那儿。"

说完,她就走了。我惊讶得久久缓不过神来。

保尔见我独自一人,十分惊异,咕哝着问:"弗兰西斯卡在哪儿?"我把刚刚发生的事对他说了一遍。

他大呼:"那么,我亲爱的,趁这个机会,咱们赶快溜。何况我们的时间也快完了。多待两天少待两天,什么也改变不了。走吧,走吧,去收拾你的箱子。快走!"

我拒绝:"绝不可以,我亲爱的,我跟这个姑娘在一起待了三个星期,绝不能就这么把她甩了。我得跟她道个别，让她接受点什么。不，我那么做就是个浑蛋。"

但是保尔根本不想听，他逼我，跟我苦苦纠缠。不过我不肯让步。

这天白天我一步也没有走出房门，等着弗兰西斯卡回来。可她没有回来。

晚上吃晚饭的时候，保尔得意扬扬地说："是她把你甩了，我亲爱的。这，真有趣，太有趣了。"

我承认，我很惊讶，甚至有点生气。他嘲笑我，讽刺我："用的方法不赖，虽然很原始：——'您等着我，我就回来。'你要等她多久？谁知道？你也许会幼稚到去她告诉你的地址找她呢：——'请问，您是隆多利太太吗？'——'先生，不是这儿。'——我敢打赌你想去，是不是？"

我抗议："才不呢，我亲爱的，我向你保证，如果她明天早上还不回来，我八点钟就乘特快列车走。我要等满二十四个小时。这就够了，我的良心也安了。"

我一整晚都过得忐忑不宁，有点伤感，有点紧张。我心里真的对她有点难以割舍。午夜十二点我才躺下。我几乎没有睡着。

我六点钟就起床。我唤醒保尔,我收拾箱子,两个钟头以后,我们一起登上了去法国的火车。

3

然而,就像人们会周期性地发热那样,第二年,恰在同一个时期,我又心血来潮,想去看看意大利。我决定立刻开始这次旅行,因为游览佛罗伦萨、威尼斯和罗马是一个有教养的人的必修课。另外这也能给人增添在社交场合的谈资,让他们能就艺术发表大通大通貌似深刻实则平庸的议论。

这一次我是独自一个人出行,在和去年同样的时间到达热那亚,只是途中没有任何艳遇。我去同一个旅馆住宿,我还凑巧住进同一个房间!

不过我刚躺到这张床上,从前一天起就在我脑海里隐约浮现的对弗兰西斯卡的记忆,就一直萦绕着我,奇怪地驱之不散。

在某个地方爱过、拥有过一个女人,很久以后旧地重游,她的形象会纠缠着您,您领略过这种事吗?

这是我体验过的最强烈、最难过的感受。您好像就要看到她走进来,微笑着,张开双臂。她的面孔,时隐时现而又十分清晰,在您前面闪过,重现,又消失。她像一个噩梦般折磨您,占据您,充满您的心,用她虚幻的存在搅动您的性欲。眼睛看得见她,她香水的馨香跟随着您;您嘴唇上有她的吻的味道,皮肤上有她肉体的爱抚。但是您孤独一人,您很清楚这一点,您痛感这记忆招来的幽灵造成的奇特困惑。一种深沉、痛苦的悲伤包围了您,就好像您被人永远抛弃。每一个物品都具有了令人沮丧的含义,在灵魂里,在心头,留下一种孤独和失落的可怕印象。啊!劝君别再去看您曾在那儿拥吻过一个心爱女人的城市、别墅、房间、树林、花园、长椅!

总之,整整一夜,我都被对弗兰西斯卡的记忆穷追不舍,我心里逐渐萌生了再看看她的愿望,这愿望起初还模模糊糊,后来变得越来越强烈,越来越尖锐,简直热切难耐了。我决定第二天整个白天都在热那亚度过,尽量找到她。如果找不到,我当晚就乘火车继续行程。

因此,我第二天一清早就开始找她。我清楚地记得她离开时对我说的话：——维克多-艾马努埃尔街——法尔考纳过道——圣-拉斐尔小路——家具商的房子——院子最里头——右边那座楼。

我找到这一切并非毫不费力，不过我终于敲响了一座破败的小楼的门。一个肥胖的妇女走来开门，她过去想必非常美，而今只能说是非常肮脏。虽已过分肥胖，但她仍然保留着显而易见的尊贵的轮廓。她蓬乱的头发成绺地搭到额头和肩头。在她污迹斑斑的宽大晨衣里，看得出她整个肥胖的身体在晃荡。她脖子上戴着一条老粗的镀金项链，两个手腕上戴着华丽的热那亚金银丝镯子。

她怀着敌意地问："您要干什么？"

我回答："请问，弗兰西斯卡·隆多利小姐是不是住在这儿？"

"您找她干什么？"

"我有幸去年和她相识，我想再见见她。"

老妇人用怀疑的目光打量着我："请告诉我，您是在哪儿认识她的？"

"就是在这儿，在热那亚！"

"您叫什么名字？"

我迟疑了片刻,然后就把我的名字告诉了她。我刚说出我的名字,这意大利女人就抬起胳膊,像要拥吻我似的:"啊!您就是那个法国人;我真高兴见到您!我太高兴啦!可是,您多么让这可怜的孩子伤心哟!她等了您一个月,先生,是的,一个月。第一天,她以为您会来找她。她想看看您是不是爱她!你要知道,她明白您不会来的时候,哭得多么伤心。是的,先生,她把眼泪都哭干了。后来,她还去过那家旅馆。但是您已经走了。她以为您继续在意大利旅行,会再路过热那亚,还会回来找她,既然她没有同意跟您一起去。她等呀,是的,先生,等了一个多月;她很伤心,是呀,很伤心。我是她的母亲!"

我真感到有点狼狈。不过我很快恢复了镇定,问道:"她现在在这儿吗?"

"不,先生,她在巴黎,跟一个画家在一起,一个很可爱的小伙子,他很爱她,先生,他非常爱她,她要什么他就给她什么。您瞧,她给我,给她母亲寄来的这些东西。她很懂事,是不是?"

她带着南方人特有的生动的神气向我显示她胳膊上

很粗的镯子和脖子上挺重的项链。她接着说:"我也有两个镶宝石的耳坠,还有一件丝绸连衣裙和几个戒指;不过我早上用不着,只在下午梳洗打扮好了才穿戴上。啊,她现在很幸福,先生,很幸福。等我写信告诉她您来过,她不知该多么高兴呢!您请进,先生,请坐。您一定要喝点什么,请进。"

我谢绝了,因为我想乘第一班火车离去。但是她拉着我的胳膊,往里拽我,一边连声说:"进来吧,先生,我好告诉她您到我们家来过。"

我便走进一个挺晦暗的小厅,里面摆着一张桌子和几把椅子。

她又说:"啊!她现在很幸福,很幸福。您在火车里遇见她的时候,她心里正很烦恼。她的相好在马赛离开了她,可怜的孩子就回来了。她立刻就爱上了您,但是她那时还有点悲伤,您明白的。现在,她什么也不缺了;她写信把她做的事都告诉我。他叫贝尔曼先生。据说在你们那儿是个大画家。他是路过这儿的时候在大街上遇见她的,是的,先生,在大街上,立刻就爱上了她。啊,您喝一杯果汁好吗?味道不错。您今年是一个人来的吗?"

我回答:"是的,是一个人。"

我感到越来越强烈的笑的欲望现在控制了我,最初的沮丧已经随着隆多利大婶的讲演烟消云散。我需要喝一杯果汁。

她继续说:"您怎么会单独一个人?啊!弗兰西斯卡不在这儿了,我真遗憾;不然,您留在城里的这段时间,她一定会陪伴您。孤单一个人玩,可不是开心的事;她在那边也会感到遗憾的。"

见我站起来,她大声说:"让卡尔洛塔跟您去,您看好吗?她很熟悉那些游玩的地方。这是我的另一个女儿,先生,第二个。"

她想必把我的惊愕当作赞同了,急忙走向一个内门,推开门,向黑黝黝看不见的楼梯里大喊:"卡尔洛塔!卡尔洛塔!快下来,马上下来,我亲爱的女儿。"

我想表示反对;可是她不容我说:"不行,让她去给您做伴;她很温柔,比另一个性格开朗得多;这是个好姑娘,很好很好的姑娘,我非常喜欢她。"

我听到楼梯上传来拖鞋的响声;一个高个子姑娘走

出来,褐色的头发,瘦长的身材,长得挺好看,但头发也是乱蓬蓬的,在她穿着的母亲的旧连衣裙里,可以想见她那年轻苗条的身材。

隆多利太太立刻把我的情况跟她说了一遍:"这就是弗兰西斯卡认识的那个法国人,去年的那个,你知道的。他来找她;他独自一人,这可怜的先生。所以我对他说,你可以跟他去,给他做伴。"

卡尔洛塔用她美丽的褐色眼睛看着我;她微微一笑,低声说:"如果他愿意;我嘛,我很愿意。"

我怎么可能拒绝呢? 我表示:"我当然愿意。"

于是隆多利太太就把她往外推:"快去换衣服,快去,快去,穿上那件蓝色连衣裙,戴上有花饰的帽子,快。"

姑娘刚出

去，她就向我解释道："我还有两个女儿，不过年龄更小。养活四个孩子，唉，花费很大！幸好现在老大熬出来了。"

接着，她就跟我聊她的生活，她的丈夫原是铁路员工，已经亡故了，又称道她的第二个女儿卡尔洛塔的种种优点。

二女儿回来了，穿一件刺眼的独特的连衣裙，品位和老大一样。

母亲把她从头到脚检查了一遍，认为合自己的意了，便对我们说："现在可以走了，孩子们。"

然后，她又叮嘱女儿："千万别过了晚上十点回来，你知道那时候大门就关了。"

卡尔洛塔回答："别担心，妈妈。"

她挽住我的胳膊，我就跟她逛起街来，就像前一年跟她姐姐在一起一样。

我回旅馆吃午饭，然后，我又带着我的新女友去桑塔·玛格丽塔，重游上次我和弗兰西斯卡游过的名胜。

晚上，她没有回家，虽然大门过了十点就要关上。

在我能支配的半个月的时间里，我和卡尔洛塔在热那亚近郊畅游。她让我不再惋惜失去了前一个姑娘。

我动身离开她的那个早上,她痛哭流涕;我不但给她留下一份纪念品,还送给她母亲四个手镯。

我打算最近的某一天再去看看意大利;我心里不安同时又怀着希望地想着:隆多利太太还有两个女儿。

老板娘*

* 本篇首次发表于一八八四年四月一日的《吉尔·布拉斯报》,作者署名"莫弗里涅斯";同年首次收入保尔·奥朗道尔夫出版社出版的莫泊桑小说集《隆多利姐妹》。

献给巴拉迪克医生①

乔治·凯尔弗朗说：

我那时住在圣父街一幢带家具出租的房子里。

我父母决定让我去巴黎学法律的时候，为了解决各种各样的问题，进行过多次漫长的商讨。我的膳宿费确定为两千五百法郎。但我可怜的母亲忽然害怕起来，对父亲说："如果他把给他的钱都胡乱花掉，饮食上亏待自己，会严重损害他的健康。这些年轻人什么事都干得出来。"

于是他们决定为我选一家膳宿全包的公寓，一家简朴然而舒适的膳宿公寓，每个月所需的费用由他们直接支付。

我从来没离开过坎佩尔②。我向往我那个年龄的人所向

---

① 巴拉迪克医生：莫泊桑父亲的朋友，先在巴黎行医，后往奥维涅地区克莱蒙－费朗附近的沙泰尔－吉庸任矿泉医疗总监。莫泊桑在该处治病时曾住在他家。
② 坎佩尔：法国西北部市镇，今布列塔尼大区菲尼斯泰尔省省会。

往的一切，准备无论如何也要快快活活地享受一下生活。

我父母向一些邻居咨询，他们说有一个同乡，叫凯尔戛朗太太，收寄宿的学生。我父亲写信跟这个可敬的太太接洽好了。一天傍晚，我就拎着一个箱子来到她家。

凯尔戛朗太太四十岁左右。她身体壮实，非常壮实，说话的声音像个军事教官，无论什么问题，一句话就干脆、果断地作出决定。她那座房子很窄，底层只有一个朝街的门洞，每层楼只有一个朝街的窗户，整个楼就像一个由窗户搭成的梯子，或者说像三明治似的夹在另外两座楼房之间的薄片儿。

老板娘和女用人住在二楼；做饭吃饭在三楼；四个来自布列塔尼①的寄宿生住在四楼和五楼。我的两个房间在六楼。

一个像开塞钻一样旋转的黑咕隆咚的小楼梯通向这两间屋顶室。凯尔戛朗太太整天不停地在这螺旋里上上下下，像在自己船上的船长一样照管着像抽屉般狭小的住宅。她每天不下十次走进每一个套房，监管一切，说话的嗓门大得惊人。

---

① 布列塔尼：法国西北的一个有着悠久历史和文化传统的地区。今布列塔尼大区含五省：阿摩尔滨海省、菲尼斯泰尔省、伊勒－维莱纳省和莫尔比昂省及大区首府雷恩。

她查看床铺是不是整洁，衣服是不是刷得干净，服务是不是还有什么不周。总之，她像母亲一样照料每一个寄宿生，甚至比母亲还周到。

我跟四个同乡很快就认识了。两个是医科大学生，另外两个学习法律，不过大家都受着老板娘的暴君般的统治。他们怕她，就像偷农作物的人怕乡村警察。

我呢，我立刻就产生出独立自主的愿望，因为我生来就是个叛逆者。我首先宣称我愿意什么时候回来就什么时候回来，因为凯尔夏朗太太规定午夜十二点钟是最后的时限。听我说有这个想法，她先用明亮的眼睛盯了我足有几秒钟，然后表示：

"这不可能。我不能容许让人整夜喊醒阿奈特。再说，过了规定的钟点，您在外面也没有什么事可做。"

我斩钉截铁地回答："太太，根据法律，您有义

务在任何时候都给我开门。如果您拒绝，我就让治安警察来做笔录；我就去住旅馆，然后由您付账，因为这是我的权利。您必须给我开门，不然我就退租。不开门就再见，您选吧。"

我用挑衅的口吻向她提出了这些条件。她惊愕了一会儿，还想跟我谈判，但是我表示没得商量，她便让步了。我们说好，我将会得到一把万能钥匙。不过有一个明确的条件：不能让任何人知道。

我的坚定给了她良好的印象，她从此对我明显地特别优待一些。她对我更关心，更照顾，更温和，甚至还偶尔突然做一个并不招我讨厌的亲热举动。有时，我高兴的时候，会出其不意地拥吻她一下，只是为了引她立刻使劲扇我一个耳光。不过我很快就低下头，她的手像子弹一样迅速地从我的头顶上闪过，我像个疯子似的大笑着逃走。而她就大喊："啊！坏蛋！我一定要报复。"

我们两人就这样成了朋友。

不久以后，我在人行道上认识了一个在商店当职员的女孩。

您知道巴黎那些风流韵事是怎么回事。一天，在去学校的路上，您遇见一个姑娘，长着一头秀发，在上班前和一个女朋友手拉手散步。你们互相一瞥，您立刻感到某些女人的眼神会给您带来的小小震撼。这偶然的相遇绽放出的迅疾的肉体的快感，和一个为了让我们愉悦同时为了让我们爱而生的人擦肩而过受到的那轻微、美妙的诱惑，是生活中美好的东西。您以后会爱她到什么程度，这有什么关系？她的天性就是为了满足您的天性对爱的隐秘渴求。第一次瞥见这张脸，这张嘴，这秀发，这笑容，您就感到它们带着温柔甜美的欢乐沁入您的心房，带着幸福的惬意深入您的肌体；依然模糊的柔情骤然觉醒，把您推向这个陌生女人，就仿佛她身上有您一定会回应的召唤，有撩拨您的吸引力；就仿佛您早就认识她，见过她，并且知道她的心思。

第二天，在同一时间，您经过同一条路，您又看见她。接着，下一天，再下一天，您又来。你们终于交谈。谈情说爱循规蹈矩地进行，像疾病一样有规则地发展。

就这样，过了三个星期，我和艾玛已经到了犯原罪前的阶段；如果我能找到犯原罪的地方，原罪甚至会更早发生。我的女朋友一直生活在她家里，她拒绝迈进一个带家具出租的旅馆的门槛，而且固执得出奇。为了找到一个办法、一个计策、一个机会，我绞尽脑汁。终于，走投无路之下，我拿定了主意，决定借口去喝一杯茶，让她在一天晚上，十一点钟光景，上楼到我的房间里来。凯尔夏朗太太每天十点钟睡觉。所以我可以用我的万能钥匙悄无声息地进来，不会引起任何注意。一个钟头，也许两钟头以后，我们再以同样的方式下楼。

我只费了一点口舌，艾玛就接受了我的邀请。

这一天我过得很糟糕。我忐忑不安。我怕遇到麻烦，发生意外，甚至闹出可怕的丑闻。

夜晚来临。我走出门，进了一家啤酒店，喝了两杯咖啡，又喝了四五小杯酒，给自己壮胆。然后，我又去圣米歇尔林荫大道兜了一圈。我听见钟敲十点钟，然后是十点半钟。我慢步向我们约会的地方走去。她已经在等我。她温情脉脉地挽起我的胳膊，我们就动身了，慢慢地向我的住处走去。离住处越近，我越是忧心忡忡，心想："但愿凯尔夏朗太太已经睡着！"

我对艾玛说了两三遍："上楼梯的时候千万别弄出响声。"

她笑起来："您是不是很怕人听见？"

"不，我是怕惊醒隔壁的人，他病得很重。"

说话走到了圣父街。我怀着去看牙医的那种恐惧的心情朝寓所走过去。所有的窗户都是黑乎乎的。人们大概都在睡觉。我松了一口气。我像小偷一样小心翼翼地打开门。我让女朋友进了门，然后把门又关上。我踮着脚尖，屏着呼吸，沿着楼梯往上走，接连点了好几根蜡绳照亮，唯恐年轻的姑娘踏空。

从老板娘门前经过时，我觉得自己的心跳在加速。我们终于到了三楼，然后是四楼，最后是六楼。我进了自己的套房。胜利啦！

不过，我只敢低声说话；我脱掉皮靴，免得弄出声。我用酒精灯烧了茶，二人围在五斗橱的一角喝了。然后，我心急如焚……心急如焚……我像做游戏一样，一件一件地脱掉我女朋友的衣裳；她且拒且让，羞得满脸通红，一次又一次地推迟那决定性的美妙时刻的到来。

她只剩下一件白

色短衬裙了，就在这时，我的房门突然被推开，凯尔戛朗太太走进来，手里举着一支蜡烛，穿得和艾玛完全一样。

我连忙一跳，离开艾玛，惶恐地站在那里，看着两个互相打量的女人。会发生什么事呢？

老板娘用我从未听到过的傲慢语调说："我不希望有姑娘①到我的房子里来，凯尔弗朗先生。"

我结结巴巴地说："不过，凯尔戛朗太太，这位小姐只是我的女朋友。她是来喝杯茶的。"

胖女人反驳道："没有穿着衬裙喝茶的。您马上让这个人走。"

艾玛很懊丧，用衬裙捂着脸，哭起来。我也没了主意，不知道该做什么，也不知道该说什么。老板娘以不容违抗的权威接着说："帮小姐穿上衣服，马上带她走。"

毫无疑问，我别无选择；我捡起像撒了气的皮球似的在地板上堆成一个圆堆的连衣裙，从年轻姑娘的头上套下来，尽力替她扣好褡裢，整理好，弄得手忙脚乱。她一直哭着，也帮我，慌慌张张，急急忙忙，弄出各种各样的错儿，不是

---

① 姑娘：此处法文为filles，有"姑娘"和"妓女"双重含义。

找不到系带，就是找不到纽扣；而凯尔戛朗太太无动于衷地站在那里，手里端着蜡烛，像法官一样满脸严肃，给我们照着亮。

艾玛现在加快了动作。她拼命地要把自己遮盖起来，扣上纽扣，别上别针，系上束带，一心想赶快逃走；她甚至没有扣好高帮皮鞋，就从老板娘面前跑过去，冲下楼梯。我自己也只穿了一半衣裳，就趿着拖鞋追赶她，一边连声呼喊："小姐！小姐！"

我很清楚应该对她说点什么，但我什么话也想不出来。就在她要跑出临街的门时，我赶上了她，想拉住她的胳膊；但她猛地把我推开，用低而烦躁的声音结结巴巴地说："放开我……放开我……别碰我。"

她关上门，逃到街上。

我转身回来。凯尔戛朗太太站在二楼

的楼梯口。我慢吞吞地扶梯而上,等待着承受一切可能的责罚。

老板娘的房门开着。她声严色厉让我进去:"我有话对您说,凯尔弗朗先生。"

我低着头从她面前过去。她把蜡烛放在壁炉台上,然后把两只胳膊交叉在肥壮的胸前;薄薄的白色无袖短上衣下面,那胸脯虽遮还露:

"啊! 好嘛,凯尔弗朗先生,您把我的公寓当成妓院了!"

我并不趾高气扬。我喃喃地说:"绝不是,凯尔戛朗太太。您千万别生气。嗨,您知道年轻人是怎么回事。"

她回答:"我知道在我这儿不准有伤风败俗的女人,您听见了吧? 我知道怎么让人尊重我的房子和我的公寓的名声,您听见了吧? 我知道……"

她说了至少有二十分钟,气话之外还加说理,历数她的公寓的可敬之处,对我极尽尖刻地责怪。

我呢——男人真是奇特的动物——我并没有听她说话,而是在看她。她说的话我一个字也没听见,一个字也没听见。她的胸脯真是美极了,健壮,结实,白皙,又丰满,也许稍稍肥了一点,却能在人的脊背上诱发一阵阵战栗。我真的从来也没想到过老板娘那羊毛连衣裙下面还会有这样的东西。脱掉外面的衣裳，她仿佛年轻了十岁。我突然感到自己非常奇怪，非常……怎么说呢？……非常兴奋。面对她，我突然又有了一刻钟前在我的房间里被……打断的心情。

在她身子后面的凹室里，我看到她的床。床幔半开着，被子凌乱，透过床单上的陷窝，可以想见睡在那儿的身体的重量。我想那被窝里一定很舒服，很温暖，比睡在别的床里更温暖。为什么更温暖？我也不知道，想必是由于躺在里面的肉体的丰硕吧。

还有什么比散开的被褥更撩人、更美妙的呢？这张床令我陶醉了，远远地，它就让我的皮肤一阵阵哆嗦。

她仍然在说话，不过现在温和多了，像个严厉然而善意的女朋友，只是为了原谅我了。

我结结巴巴地

说:"好啦……好啦……凯尔戛朗太太……好啦……"见她住了口,在等我回答,我一把把她搂在怀里,吻起她来,就像一只饿狼,一个久已期待干这事的男人一样,拼命地吻她。

她挣扎着,转动着头,不过并不太生气,只是按照她的习惯机械地重复着:"啊!坏蛋!……坏蛋!……坏……"

不等她说完,我已经一使劲把她抱起来,紧紧抱在怀里,向床边走去。瞧,有时人真是力大无穷!

我碰到了床沿;我仍然抱着她不松手,一头倒在床上……

她的床果然非常舒服,非常温暖。

一个钟头以后,烛光熄灭了,老板娘起身又点亮了一支。她走回来,钻到我身边,把圆圆的肥腿伸进被窝里的时候,娇滴滴,乐滋滋,也许还带着感激地说:"啊!坏蛋!……坏蛋!……"

小酒桶*

* 本篇首次发表于一八八四年四月七日的《高卢人报》；同年首次收入保尔·奥朗道尔夫出版社出版的莫泊桑小说集《隆多利姐妹》。

献给阿道尔夫·塔维尼埃①

埃佩维尔镇开客栈的希科老板,在玛格卢瓦尔大妈的农庄门前停下他的双轮轻便马车。这是个四十岁上下的高大的汉子,满面红光,大腹便便;他为人狡猾,在当地是出了名的。

他把马拴在栅栏门的木桩上,走进院子。他有一份产业紧挨着这个老太婆的地,他对这块地垂涎已久。他曾经不下二十次想方设法要把这块地买下来,可是玛格卢瓦尔大妈总是执拗地拒绝。

"我是在这块地上生的,我死也要死在这块地上。"她每一回都这么说。

他走进去,见她正在屋门前削土豆。她七十二岁高龄了,

---

① 阿道尔夫·塔维尼埃(1854—？):莫泊桑的同事,和莫泊桑同时为报刊撰稿,又善射击和剑术。

身体精瘦，满脸皱纹，佝偻着腰，可是她就跟年轻姑娘似的不知道什么叫累。希科亲切地拍拍她的肩膀，就在她身旁的一个小矮凳上坐下。

"喂！大妈，这身子骨，总那么硬朗吧？"

"还行；您呢，普罗斯佩尔①老板？"

"嘿嘿！就是偶尔头疼脑热；要不就心满意足了。"

"好呀！太好了！"

她住口不说了。希科看着她完成手上的活儿。她钩形的手指瘦骨嶙峋，跟蟹爪一样坚硬，像钳子一样从筐里夹起灰色的土豆，敏捷地转动着，另一只手握着一把旧刀，刀刃下面削出一长条一长条的土豆皮。等土豆全削成黄色，她就扔进一个水桶里。三只胆大的老母鸡一个跟着一个走过来，到她裙子底下啄土豆皮，然后叼着收获物连跑带飞地逃开。

希科显得有些难为情，犹犹豫豫，顾虑重重，话到嘴边却又说不出口。最后，他还是下定了决心：

"喂，玛格卢瓦尔大妈……"

"您有什么吩咐？"

---

① 普罗斯佩尔：希科老板的名。

"这农庄,您还是不愿意卖给我吗?"

"这个嘛,没门。您就别指望啦。已经说过的,就说过了,别又来啰唆。"

"可是我找到一个办法,让我们这笔交易对双方都合算。"

"什么办法?"

"是这么个办法:您把农庄卖给我,可是照样由您保管。您还没明白吧? 那就听我讲讲其中的道理。"

老太婆停下削土豆的活儿,用那双起皱的眼皮底下灼亮的眼睛凝视着客栈老板。

他接着说:

"我就明说吧。我每月给您一百五十法郎。您听清楚:每个月,我驾着我的双轮轻便马车,把三十枚一百苏①的埃居②

---

① 苏:法国旧时辅币,五生丁等于一苏,二十苏等于一法郎。
② 埃居:法国旧时钱币,较流行的有面值五个法郎,即一百苏一枚的埃居。

给您送到这儿来。此外什么都不变,一点也不变;您照旧住在您家里,您根本不用操心我这边,您什么也不欠我的。您只管拿我的钱。您看行吗?"

说罢,他一脸轻松,心平气和地看着她。

老太婆满脸狐疑地打量着他,寻思着有没有什么陷阱。她问:

"这是对我合算的地方;可是对您呢,这农庄,您还是拿不到呀?"

他又说下去:

"这个,您就不用操心了。善良的天主让您活多久,您就在这儿住多久。这儿就是您的家。只不过,您得跟我去公证人那儿立个小小的字据,就说您百年以后这产业归我。您没儿没女,只有几个您也不大当回事的侄儿。您看这样行吗? 您在世的时候保留着您的产业,我还每月给您三十枚一百苏的埃居。您赚大发了。"

老太婆还是感到不可思议,忐忑不安;不过她的心已经有些活动了。她回答:

"我不是说不可以,不过我还得琢磨出这么做的道理来。您下星期再过来谈谈。我到时候就给您一个准信儿。"

希科老板走了，高兴得像一个国王刚刚征服了一个帝国。

玛格卢瓦尔大妈却久久地百思不解。接下去的一夜她根本没睡着。整整四天里，她犹豫不定，伤透了脑筋。她隐约感觉到这当中有什么对她不利的事。但是一想到每月有三十枚埃居，这白花花叮当响的银子自己流进她的围裙兜里；她什么也不做，就会从天上掉下银子来，她又饱受贪欲的煎熬。

她于是去找公证人，一五一十跟他说了这件事。他劝她接受希科的建议，但是要提出给五十枚埃居，而不是三十枚，因为她的农庄少说也值六万法郎。

"如果您再活十五年，"公证人说，"即使按这种方式支付，他也只需付出四万五千法郎。"

老太婆一想到每个月能拿到五十枚一百苏的埃居，激动得直打哆嗦；不过她还是不放心，生怕会有这样那样横生枝节的事或者暗藏的阴谋诡计，所以迟迟不肯走，问这问那，直到天黑。磨蹭到最后，她才吩咐准备文件。回家时，她已经像喝了四罐新酿的苹果酒似的，昏头昏脑。

等希科来听回音的时候，她又让他央求了很久，说她实在不想卖，其实她是怕他不同意给五十枚一百苏的埃居。最后，见他铁了心要买，她才亮出底牌。

他失望得直跺脚,一口回绝。

于是,为了说服对方,她就自己还能活多久,大加论证起来。

"放心吧,我顶多再活五六年。我快七十三了,身子骨不行啦。有一天晚上,我简直以为自己要过去了,就像有人把我掏空了似的,多亏人家把我抬上床。"

不过希科不是好哄骗的。

"哪里会,哪里会,老油子,您结实得像教堂的大钟哩。您至少能活到一百一十岁。肯定,您死在我后头。"

一整天就这么花在扯皮上了。明摆着老太婆寸步不让,最后客栈老板只好答应给她五十枚埃居。

他们第二天就在文件上签了字。玛格卢瓦尔大妈还要了十个埃居的红包。

三年过去了。老太婆像有魔法护身似的硬朗强壮。她好像一天也不见老。希科简直绝望了。他觉着自己付这笔钱仿佛已经有半个世纪之久,受骗了,上当了,就要破产了。他三天两头去农庄看望老太婆,就如同人们七月里常到田间看麦子是否熟透可以开镰一样。她每次接待他都带着狡黠的眼神，好像能把他作弄得这么利落，她正在暗自得意。而他扭头就跳上他的双轮轻便马车，嘟哝着：

"您难道永远也不死，老骨头！"

他一筹莫展。一见到她，就恨不得把她掐死。他恨她，那是一种凶狠而又阴险的恨，一种惨遭打劫的乡下人的恨。

于是他琢磨起办法来。

终于有一天，他又像头一次跟她提出交易时那样，兴高采烈地搓着手，来看老太婆。

闲聊了几分钟以后，他说：

"我说，大妈，您来埃佩维尔的时候，干吗总不上我店里吃饭呢？有人嚼舌头了，说咱们闹翻了，我听了很难受。您知道，您上我那儿吃饭，一个子儿也不用花。我不是那种计较一两顿饭的人。您啥时候想来，

只管来,别客气;我反倒高兴。"

玛格卢瓦尔大妈不用他三请四让;第三天,她坐着长工赛勒斯坦赶的马车去集上,就毫无顾忌地把马牵进希科老板的马棚,自己还吃了店主许下的午饭。

客栈老板笑容满面,拿她当贵妇人一样款待,给她端上童子鸡、猪血香肠、猪下水灌肠、羊腿和肥肉片儿熬白菜。可是她几乎什么也没吃;她从小简朴惯了,过的是一盘浓汤①一块面包抹黄油的生活。

希科大失所望,再三劝她多吃些。她也不喝酒。她甚至拒绝喝咖啡。

他说:

"您总得喝一小杯吧?"

"哦?这倒行。我不拒绝。"

于是他使足气力向客栈另一头大喊:

"罗萨丽,来一瓶烧酒,好烧酒,上等烧酒。"

女侍出现了,拿着一个长瓶子,上面贴着一张葡萄叶子

---

① 浓汤:法国人常吃或常喝的一种食物,加洋葱、土豆、白菜、面包及肉类等实料熬成的汤。

形的商标。

他斟了两小杯。

"大妈,尝尝,这可是好酒。"

老太婆不慌不忙地喝起来,一小口一小口地,好让快感多延续一会儿。她喝完杯里的酒,还把剩底儿一滴一滴控到嘴里。然后赞道:

"不错,当真是好酒。"

她话音还没落地,希科又给她满上第二杯。她想推辞也来不及了,索性像第一杯那样,慢慢品尝。

希科又想请她接受第三杯,她拒不从命。他非要她喝不可:

"您看呀,这,这简直就像牛奶一样;我一口气喝十杯,十二杯,都面不改色。它就像糖一样化了,既不胀肚,也不上头,简直可以说在舌尖上就化成了汽儿。没有比这酒对健康更有益的了。"

她其实也很想喝,于是就同意了;不过她只喝了半杯。

这时,希科突然变得大方起来,大声说:

"嗜,既然您喜欢,我就送您一小桶,为的就是让您看看,咱们始终是一对好朋友。"

老太婆也没说不要，就走了；她已经有几分醉了。

第二天，客栈老板进了玛格卢瓦尔大妈的院子，就从车里取出一个有铁箍的小木桶。他请她品尝桶里的酒，见证一下确实是同样的上等烧酒。他们每人又喝了三杯。临走时，他表示：

"您要知道，喝完了，我那儿还有；您千万别见外。我不是小气鬼。您越快喝光，我越高兴。"

说罢他就跳上他的双轮轻便马车。

四天后他又来了。老太婆正在屋门前，忙着切放在浓汤里的面包。

他走过去，向她问好。他说话时几乎挨到她的鼻子，为的就是闻闻她的哈气。他闻出了一股酒精味，于是喜形于色。

"您可以请我喝一杯吗？"

于是他们

碰着杯，满上了两三次。

可是不久地方上就风言风语，说玛格卢瓦尔大妈经常独自一人喝得烂醉如泥。有时见她倒在厨房里，有时见她倒在院子里，有时见她倒在附近的路上，跟死尸一样一动不动，只好抬着把她送回去。

希科不再去她家。有人跟他谈起这位乡下女人，他总是一脸惋惜地说：

"在她这把年纪，沾上这种嗜好，不是遭罪吗？您瞧，人老了，真是没办法。这么着，早晚要让她吃个大亏。"

果然，这让她吃了个大亏。第二年冬天，临近圣诞节的时候，她喝得烂醉，倒在雪地里死了。

于是希科老板继承了她的农庄。他还断言：

"这个老大妈，她要是不贪杯，肯定还有十年的活头。"

他是谁？ *

＊ 本篇首次发表于一八八三年七月三日的《吉尔·布拉斯报》，作者署名"莫弗里涅斯"；一八八四年首次收入保尔·奥朗道尔夫出版社出版的莫泊桑小说集《隆多利姐妹》。

*献给皮埃尔·德库尔赛尔*①

我亲爱的朋友,你难道一点也不明白? 我想就是这样。你以为我疯了吧? 也许我真有点儿,但不是你猜想的那些原因。

是的,我要结婚了。就是这么回事。

不过,我的思想和我的信念并没有改变。我认为合法的交配是一件愚蠢的事。我可以肯定,十个丈夫里有八个戴绿帽子。他们真是活该,居然愚蠢到束缚住自己的生活,放弃自由的爱情——世上唯一快乐和美妙的东西,剪断把我们不停地推向所有女人的想象的翅膀,等等等等。我比以往任何时候都更无法只爱一个女人,因为我总是更爱所有其他的女

---

① 皮埃尔·德库尔赛尔(1856—1926):法国剧作家,《高卢人报》戏剧专栏作家,莫泊桑在该报的同事。其代表作有轻喜剧《轻浮的女子》(1893)。

人。我希望有一千条胳膊、一千个嘴唇和一千个……身体，以便能够同时拥抱一支迷人而又无足轻重的女人的大军。

不过我还是要结婚。

我要补充说明的是，我并不了解我明天的妻子。我只见过她四五次。我知道她并不让我讨厌；对于我要让她扮演的角色来说，这已经足够了。她身材矮小，头发金黄，胖墩墩的。后天，我会热烈渴望另一个高挑、棕发、苗条的女人。

她并不富有。她属于一个中等的家庭。这是在一般的小市民阶层里到处都能找到的姑娘，一个既没有明显优点也没有明显缺点、很适于出嫁的年轻姑娘。人们现在谈到她会说："拉若利小姐很可爱。"人们明天会说："雷蒙太太，她非常可爱。"总之，她属于正派的年轻姑娘的军团，"人们以有她做妻子为幸"，直到有一天发现别的女人全比自己选的这一个更可爱。

你会说，既如此，我何必结婚呢？

我几乎不敢向你承认把我推向这失去理智的行为的原因，它是那么奇怪而又令人难以置信。

我结婚是为了不再孤单一人！

我不知道怎么才能说清楚，怎么才能让你理解我。你会可怜我，你会蔑视我，我的精神状态的确让人看不起。

我不愿夜里再独守空房。我希望能感受到有一个人在我身边、靠着我，一个能说话、不论说点什么的人。

我希望能打断她的睡眠，突然对她提一个问题，哪怕是一个愚蠢的问题，只要能听到一个声音回答，只要能感受到有一个醒着的灵魂、一个在活动的思维，只要突然点亮蜡烛的时候，能看到一张面孔在我身旁……因为……因为……（我简直不敢承认这件丢人的事）……因为我怕孤单一人。

噢！你还不明白我的意思。

我不怕危险。如果有一个人闯进来，我会毫不胆战地杀死他。我不怕幽灵；我不信有超自然。我不怕死人，我甚至相信每个正在消失的存在最终都会消亡。

那么！……好吧。那么！……直说了吧！我怕我自己！我怕害怕的感觉；我怕我正在发狂的精神的阵阵痉挛，我怕那不可理解的恐惧的感觉。

你想笑就笑吧。但这的确很可怕，无可救药。我怕墙壁，怕家具，怕那些熟悉的物品；在我看来，它们都像是有生命，有一种动物似的生命。我尤其怕我的思想的可怕混乱，怕我的理智在错乱中逃离我，在神秘而又看不见的苦恼中消散。

我起初感到一种隐约的不安掠过我的心头，令我不寒而栗。我四下张望。什么也没有！我多么希望有什么东西！什么东西呢？某种可以理解的东西。既然我之所以恐惧，仅仅是因为我不理解我的恐惧。

我说话！我怕我的声音。我走路！我怕门后、窗帘后、衣橱里、床底下的那个未知的东西。然而我很清楚，任何地方都没有任何东西。

我猛地转过身，因为我怕身后有人，尽管什么也没有，而且我知道什么也没有。

我坐立不安，我感到我的惶恐有增无已；我把房门锁上；我躲到床上，藏到被褥下；我蜷起身子，缩成一个圆球，拼命地闭紧眼睛，就这样过了很久很久，一直想着蜡烛还燃着，放在床头柜上，应该把它熄灭。可是我不敢。

这样过日子，岂不是太可怕了？

从前，我丝毫没有这样的感觉。我回家时从容自若。我在自己的家里走来走去，没有任何东西扰乱我心灵的平静。如果有人对我说，有一天我要患上什么难以置信、愚蠢可怕的恐惧症，我一定会笑得肚子痛；我在黑暗中去开门，非常放心；我慢条斯理地就寝，连门闩也不用推上，我夜间绝不会起身查看是不是我房间所有门户都关严实了。

这变化是去年开始的，那情况真是奇特。

那是秋天的一个阴雨绵绵的夜晚。晚饭以后，我的女用人已经走了，我心里思忖着要做什么。我在房间里踱了一会儿步。我感到累了，无缘无故就疲惫不堪，没办法工作，甚至没有力气读书。细雨淋湿了窗玻璃；我有些闷闷不乐，黯然神伤，这种莫名其妙的忧伤经常让你想哭，希望不管有个什么人在身旁，只要能撼动我们思想上的重负。

我感到孤独。我感到家里空荡荡的，这是从来没有过的。周围是无限的令人痛苦的孤寂。做什么呢？我坐下。神经的躁动传遍两腿，让我坐不安宁。我又站起身，走起来。我也许有点发烧，因为我发现，像人们漫步时常做的那样，我两手在背后交叉着，感觉到发烫。可突然，我脊背打了一个寒战，我想，是外面的湿气进了屋里，于是想到要生火。我把火点起来；这还是今年第一次。我又坐下，看着火苗。但是很快，我坐不住了，又站起来。我意识到需要出去走走，活动活动，找个朋友。

我走出去。我去了三个伙伴家，一个也没碰到；然后，我来到林荫大道，心想总可以遇到一个熟人。

到处都是一片凄凉。浸在水里的人行道闪闪烁烁。水的凉意,那种让你突然冷得打哆嗦的凉意,没法触知的雨水的沉重的凉意,让街道不堪重负,连煤气路灯也仿佛疲乏、暗淡了。

我迈着懒洋洋的步子走着,心里嘀咕着:"看来我找不到任何人聊天了。"

从玛德莱娜大教堂①直到渔婆镇,我走进好几家咖啡馆仔细观察,只见一些人愁眉苦脸,坐在桌前,好像连喝完他们面前的饮料的力气也没有了。

我就这样徘徊了很久,将近午夜的时候,我才往家里走。我心里已经很平静,但是很累。我那座楼的女门房,通常十一点以前就睡觉,今天却和她的习惯相反,立刻给我开了门;我想:"瞧,一定是另一个房客回来了,刚刚上楼。"

我出门的时候,总是把我的房门的钥匙转两圈。现在我发现它只是简单地拉上,不免有些诧异。我猜想,大概是有人晚间上来给我送过信吧。

---

① 玛德莱娜大教堂:巴黎市内重要的天主教教堂之一,位于巴黎第八区玛德莱娜广场。

我进了屋。炉火还燃着,甚至还微微照亮着我这间套房。我拿了一支蜡烛想去壁炉那儿点燃。这时我向前看去,只见有个人坐在我的扶手椅里,背朝着我在烘他的两只脚。

我没有害怕,噢!不,一点也没有害怕。我脑海里掠过一个很有可能的假设:那是一个来看我的朋友。我出门的时候跟女门房打过招呼,她想必对他说我就回来,并且把我房门的钥匙借给了他。我回来时的情景瞬间回到我眼前:我一拉门绳,看门人就来了,我的房门仅仅是掩上的。

我的朋友,我只能看到他的头发。他在等我时,在炉火前睡着了。我走上前要唤醒他。我清楚地看到他的一只胳膊在右边垂着,他的两只脚交叉着,他的头稍稍歪向扶手椅的左边,表明他的确已经睡着了。我心想:"这会是谁呢?"这时房间里看得不大清楚。我伸出手想碰碰他的肩膀!……

我却碰到了座椅的木头！那个人不在了。扶手椅是空的！

多么让人惊讶，天呀！

我先是向后退，仿佛一个可怕的危险出现在眼前。

然后，我一转身，因为我感觉有个人在我身后；紧接着，我再一次转身，因为我很想马上再看看那个扶手椅。我呆呆地站在那里，呼吸急促，惶恐极了，头脑一片空白，随时有倒下的可能。

但我是一个沉着冷静的人，我立刻恢复了理智。我想："我刚才产生过一个幻觉，如此而已。"我立刻对这个现象进行了一番思考。在这种时候，思维是非常敏捷的。

我产生过一个幻觉——这是一个无可争辩的事实。可是，我的神志始终是完全清醒的，在正常、逻辑地运转。这就是说我的头脑根本没有混乱，只是眼睛看错了，欺骗了我的思想。眼睛出现了一次幻视，那种让天真的人以为看到鬼神出没的幻视。其实没有别的，只是一个视觉器官的神经性事故，也许有一点眼睛充血吧。

我点燃了一支蜡烛。我向炉火弯下身子的时候，发现自己在颤抖。我猛地抬起身，就好像有人在后面碰了我一下。

毫无疑问，我一点也不平静。

我走了几步；我高声说话；我低声吟唱了几段歌曲。

然后，我把钥匙转了两圈，把房门锁好，感到踏实一点了，至少谁也进不来了。

我又坐下，思索了很久我经历的这桩奇事；接着，我就上床睡觉，吹灭了蜡烛。

在最初几分钟时间里，一切正常。我仰面躺着，心里相当平静。接着，我想再看看自己的房间，便侧过身体。

壁炉里最多只有两三块发红的没有烧尽的木柴，正好照亮扶手椅的脚；我似乎又看到那个人坐在扶手椅上。

我迅速地擦着一根火柴。我错了，我什么也没看到。

不过，我还是从床上起来，我去把扶手椅藏在我的床后面。

接着，我又熄灭了烛火，尽量让自己入睡。我睡着了不过五分钟，便在梦中像现实一样清晰地看到晚上经历过的全部场面。我惊诧地醒来，燃亮烛光，便呆坐在床上，甚至不敢再尝试着入睡。

不过有两次，我不由自主地打了几秒钟的瞌睡。我两次都又看到那情景。我简直要疯了。

天亮的时候，我感到好多了，我踏踏实实地一直睡到中午。

结束了，彻底结束了。我是不是发过烧，做过噩梦？我怎么知道？总之，我生过一场病。无论如何，我感到自己真愚蠢。

这一天我心情愉快。我在小酒馆吃的晚饭；我去看了一场戏，接着就回家。但就在快要到家的时候，我顿时又感到一种奇怪的不安。我怕再见到他。并不是怕他，并不是怕他在那里，我已经不相信他存在，而是怕自己的眼睛再次混乱，怕幻视，怕那会抓住我不放的恐惧。

我在人行道上游荡了一个多小时；最后我感到自己太愚蠢，便往家走。我气喘吁吁，连楼梯也爬不动了。到了家门口，我又在楼梯平台上待了十多分钟。接着，我突然鼓起勇气，竭力让自己冷静了下来。我把钥匙插进锁眼，我手拿蜡烛冲向前，我一脚踹开微掩的房门，我用惊恐的目光向壁炉那边望去。我什么也没看见。

"啊！……"

多么轻松！多么高兴！多么自由自在哟！我就像个快活的小伙子，走过来，走过去。不过我还觉得不踏实；我经常惊悚地猛然回头；角落里的阴影还让我不安。

我睡得不好，经常被想象中的声音惊醒。但是我没有看到他。没有。这件事结束了！

从那一天起，我就怕夜里孤单一人。我感到那幻象就在那里，在我身旁，在我周围。他再也没有出现在我眼前。啊，再也没有！再说，那又有什么要紧，既然我不相信这种事，既然我知道完全没有这种事！

然而它让我不舒服，因为我不停地想它。一只手垂在右边，脑袋歪向左边，就像一个睡着的人……好啦，够了，天呀！我不愿再想它！

不过，这挥之不去的念头究竟是什么呢？为什么这样顽固？他那双脚离炉火多近啊！

他纠缠着我，简直是发疯，不过事实就是如此。他，是谁？我很清楚他不存在，他什么也不是！他只存在于我的恐惧、我的胆怯、我的焦虑中！好啦，够了！……

是的；但我想向自己解释，让自己变得坚强，白费力气；我再也不能一个人待在家里，因为他在那里。我知道，我不会再见到他，我知道，他不会再出现，这件事结束了。尽管如此，他还在那里，在我的思想里。我依然看不到他，但这并不妨碍他在那里。他在门后面，在关着的衣橱里，在床底下，在每一个阴暗的角落里，在所有的黑影。如果我拉开门，如果我打开衣橱，如果我把烛光伸到床底下，如果我照亮所有的角落和阴影，他并不在那里；不过这时我就会感到他在我身后。我回过头去，当然肯定是不会看到他的，再也不会看到他了。可是他依然在我的身后，他还在。

这很愚蠢，但这也很残酷。你要怎样呢？反正我无能为力。

不过，如果我家里有两个人，我就会感到，是的，我就肯定会感到他不在那里了！因为他在那里，只因为我是孤独一人，仅仅因为我是孤独一人！

我的舅舅索斯泰纳*

* 本篇首次发表于一八八二年八月十二日的《吉尔·布拉斯报》,作者署名"莫弗里涅斯";一八八四年首次收入保尔·奥朗道尔夫出版社出版的莫泊桑小说集《隆多利姐妹》。

献给保尔·吉尼斯蒂①

　　像世上许多人一样，我的舅舅索斯泰纳是个自由思想者，一个因愚昧无知而变成的自由思想者。有人沉迷宗教也往往是由于同样的缘故。一看见神父，他就愤怒得令人难以置信，又是挥拳相向，又是用手指做牛角状②，还趁对方看不见摸摸某种铁器③。这已经是一种信仰，对毒眼④的信仰。然而，对各种荒唐的信仰，应持的态度是，要么全都接受，要么一概拒绝。而我呢，我也是个自由思想者，或者说，人

---

① 保尔·吉尼斯蒂（1855—1932）：法国记者，通俗喜剧作家，风俗小说家。一八八三年在《吉尔·布拉斯报》撰文称赞莫泊桑的短篇小说集《月光》。莫泊桑也曾为他的长篇小说《三角恋爱》（1884）作序。
② 一种嘲笑和侮辱人的动作。
③ 一种迷信的做法，背着不喜欢的人摸摸铁器或者木头，从而诅咒对方，驱凶消灾。
④ 毒眼：一种迷信，认为有的人的眼睛看了人会给人带来厄运。

类因为怕死而发明出来的一切教义,我都深恶痛绝。可是我并不仇恨圣堂寺院,不管它们是天主教的、使徒教派的、罗马教会的、新教的、俄国东正教的、希腊正教的、佛教的、犹太教的,还是伊斯兰教的。再说,评价和解释这些寺院,我有自己的方式。一座寺院,是对未知的崇敬。思想越扩大,未知就越缩小,寺院也就越不稳固。不过,我要在寺院里放上些望远镜啦,显微镜啦,发电机啦,用来代替香炉。就是这么回事!

我舅舅和我几乎在所有问题上都意见分歧。他是爱国者;我呢,我不是,因为爱国主义,这也是一种宗教。它是战争的祸根。

我舅舅是共济会①会员。我呢,我公开宣称共济会会员

---

① 共济会:英文为Freemasonry,直译"自由石工会",据说一五九八年创立于苏格兰,一个秘密的兄弟会结社,成员和主张都比较复杂。

比那些虔信的老太婆还要愚蠢。这是我的看法，而且我仍然坚持这种看法。如果非得有一个宗教的话，在我看来有那个最古老的也就够了。

其实这帮傻瓜不过是在效仿那些神父。他们用三角①代替十字作为标志。他们也有教堂，管它叫"会所"。他们有一大堆五花八门的仪式：苏格兰仪式啦，法兰西仪式啦，大东会②仪式啦，尽是些笑死人的无聊的玩意儿。

再说，他们要做什么呢？挠挠手心，表示互相帮助。我倒看不出这有什么坏处。他们只是把基督教"你们要互相帮助"的格言付诸实践罢了。唯一的区别就是挠不挠手心。不过，借一百个苏给一个穷鬼，犯得上搞这么多繁文缛节吗？把布施和援助视为义务和职责的教会中人，总在他们的书信开头写下J.M.J.③三个字母。而共济会会员在他们的名字末尾点三个点儿。哥儿们，半斤八两！

我舅舅总是回答我："我们正是祭起宗教来反对宗教。我们以自由思想作为消灭教权主义的武器。共济会是一座堡

---

① 三角：共济会以分规、曲尺和书本构成的向上正三角形为象征符号。
② 大东会：设在首都的共济会总会。
③ J.M.J.："约瑟－马利亚－耶稣"的缩写。

垒，任何想要拆除神坛的人都可以加入。"

我则反驳说："可是，我的好舅舅（在心里我却说着："老糊涂"），我要责备你们的正是这一点，你们不去摧毁，而是在组织竞争；这样做只是降低了价格，如此而已。再说，如果你们只允许自由思想者参加你们的队伍，倒也罢了；但是你们却来者不拒。你们中间有大量的天主教徒，甚至一些教权派的头目。庇护九世①当上教皇以前也是你们的人。如果你们把这样拼凑起来的结社称作反教权主义的堡垒，我看你们的堡垒呀，也未免太脆弱了。"

我舅舅听了眨眨眼睛，补充道："我们真正的行动，最可怕的行动，是在政治方面。我们是在持之以恒、稳扎稳打地摧毁君主政治的精神。"

这一下，我禁不住叫了起来："啊！是的，你们都是些老谋深算的人！如果您对我说共济会是个选举工厂，这我同意；如果您对我说它是诱导人们投票给各种色彩的候选人的机器，我也决不否认；如果您对我说它没有别的功能，只是欺骗善良民众，把他们征集来，像送士兵上火线一样把他

---

① 庇护九世（1792—1878）：罗马教皇，一八四六年到一八七八年间在位三十二年，是在位最久的教皇，也是最后一任兼任世俗君主的教皇。

们推向投票箱，我也会赞同您；如果您对我说它对一切野心家来说都是有用的，甚至是不可缺少的，因为它把每一个会员都变成了选举干事，我会向您大喊：'这清楚得跟明镜一样！'但是，如果您硬要对我说它在摧毁君主政治的精神，我可就要当面笑话您了。

"请您稍微仔细地瞧一瞧这个庞大而又神秘的民主结社吧。它在法国帝国时代的大会长是拿破仑亲王，在德国的大会长是皇太子，在俄国的大会长是沙皇的弟弟，还有汉伯特国王①和威尔士亲王②；世界上所有戴冠冕的脑袋，都是它的成员呢！"

这一次舅舅凑在我的耳边悄声说："的确是这样，不过所有这些王侯都是在不知不觉中为我们的计划服务。"

"是互相服务吧，对不对？"

我在心里补充道："一群傻瓜！"

看看索斯泰纳舅舅怎样邀请一个共济会会员吃饭，那才

---

① 汉伯特国王：指意大利国王汉伯特一世（1844—1900），一八七八年至一九〇〇年在位。
② 威尔士亲王（1841—1910）：后为国王，称爱德华七世，一九〇一年至一九一〇年在位。

有意思呢。

他们见了面,就神秘兮兮地用各种触手的动作交换暗号,简直可笑极了。我要是想惹舅舅发火,只需提醒他,狗也有一套和共济会一模一样的互相识别的方法呢。

然后,舅舅就把这个朋友领到角落里,像有什么重大的事情要透露给他似的;他们隔着桌子相对而坐,不论是互相审视,彼此观察,还是交杯换盏,他们都有一套特殊的方式,眼睛一眨一眨的,仿佛在不停地说:"咱们是自家人,对不?"

一想到世上有好几百万人这样装腔作势而又乐此不疲,真让人受不了!我宁愿做耶稣会的会士。

赶巧,在我们这座城市就有一个年老的耶稣会士。他是我舅舅索斯泰纳的眼中钉。我舅舅每次遇见他,哪怕只是远远瞅见他,都会嘀咕道:"坏蛋,滚开!"然后搂着我的胳膊,就像说心里话似的,在我耳边说:"你瞧吧,这混账东西总有一天会来害我。我感觉得出来。"

我舅舅果然言中了。下面就是这桩意外事故的始末,只不过肇事人是我。

圣周①临近了。我舅舅打算在星期五组织一次大荤的晚餐，一顿像样的晚餐，会有昂杜依香肠和猪肉灌肠。我极力反对，说："那一天我会照常吃荤，不过我是独自一人，在自己家。您搞这种示威很愚蠢。为什么要示威呢？别人不吃肉，碍您什么事？"

可是我舅舅很坚决。他邀请了三个朋友到本城最好的一家饭店吃饭；因为是他买单，我也就不再拒绝参加这场示威。

我们四点钟在生意最火的佩内洛普咖啡馆占据了一个显眼的位置；我舅舅索斯泰纳声音洪亮地谈论着我们点的菜。

六点钟开始上菜，十点钟我们还在吃；我们五个人喝了十八瓶优质葡萄酒，外加四瓶香槟酒。这时，我舅舅提议搞他所谓的"大主教巡访"。每人面前有六个小酒杯，摆成一排，斟满不同的利口酒②；在一个参加者数到二十以前，他们必须一杯杯喝干这些酒。这很傻，但我舅舅索斯泰纳却觉得很"应景"。

---

① 圣周：天主教复活节前的一周。这周内的星期五即耶稣受难节，信徒们守大斋。
② 利口酒：以白兰地、威士忌、朗姆酒等为基础加香料制成的高度葡萄酒或浓甜葡萄酒，一般当作餐后甜酒饮用。

十一点钟,他已经烂醉如泥,只得雇车把他拉回家,扶他上床睡下。他这次反教会示威,看来注定要演变为一场可怕的消化不良了。

我也醉了,不过醉得开心;在返回住所的路上,我脑子里突然闪出一个不够信义,但却能完全满足我的怀疑主义本能的念头。

我正了正领带,做出一副难过的表情,像发了疯似的拉响那位老耶稣会士的门铃。他耳背,让我好等。后来我用脚狠踢,房子都摇晃了,他才终于在窗口探出戴着棉布睡帽的脑袋,问:"找我有什么事呀?"

我大声疾呼:"快,快,尊敬的长老,给我开门;有个已经没有希望的病人一定要请您去行圣事!"

那可怜的老头儿立刻套上一条裤子,连道袍都没来得及穿，就跑下楼来。我上气不接下气地告诉他，我的自由思想者舅舅突然感到很不舒服，看来要生一场大病；舅舅对死亡万分恐惧，希望见他，和他谈谈，听听他的高见，更好地了解宗教，向教会靠拢，当然喽，还希望做忏悔，领圣体，以便在跨出那可怕的一步时可以心安理得。

我还用讥讽的口气补充道："总之，他希望如此。这样做即使对他没有什么好处，但愿也没有什么坏处。"

老耶稣会士惊喜交加，浑身哆嗦着对我说："孩子，请稍等，我就来。"但是我连忙说明："对不起，尊敬的神父，我就不陪您去了；因为信仰的关系，我不方便那样做。我刚才甚至拒绝来找您。因此拜托您别说见到过我，就说您是得到上天启示才知道我舅舅生病的。"

老头儿允诺以后，就匆匆走去，拉响索斯泰纳舅舅的门铃。正在伺候病人的女用人立刻来开门；我眼看着那件黑道袍消失在这座自由思想的堡垒里。

我躲在隔壁的门洞里等着看热闹。要不是生病，我舅舅一定会把这耶稣会士打个半死；可是我知道他现在连胳膊也动弹不了，我幸灾乐祸地寻思：这两个对头狭路相逢，会出现怎样令人无法想象的场面？发生怎样的恶斗？怎样的激辩？怎样的惊讶？怎样的混乱？在冤家路窄的情况下，如果我舅舅发起火来，又会有怎样的结局，岂不是更难收拾了？

我独自一个人捧腹大笑，并且一迭连声地低声说着："哈哈！多么妙的玩笑，多么妙的玩笑！"

不过天很冷，我发现耶稣会士过了好久仍不出来。我心想："他们一定吵得不可开交。"

一个钟头过去了，接着两个钟头、三个钟头过去了。尊敬的神父还没出来。发生了什么事呢？难道我舅舅看见他，冷不防气死了？或者他把这穿道袍的人杀死了？或者他们俩互相吞噬了？这后一种假设在我看来可能性很小，因为我认为舅舅现在连一克食物也吃不下去了。这时天已大亮。

我惴惴不安，可又不敢进去，这时我想起有个朋友正好住在对面。我走去找他，向他说了实情。他先是吃了一惊，不过接着就大笑起来。我就埋伏在他的窗口。

九点钟，他接替我，我睡了一会儿。两点钟，我又替换他。我们都如坐针毡。

直到六点钟，耶稣会士才出来，一副安然自若、踌躇满志的神情；只见他不慌不忙地走远了。

这时，我又内疚，又胆怯。我拉响舅舅的门铃，女用人出来开了门。我没敢向她打听，就一声不吭地走上楼。

我的索斯泰纳舅舅躺在床上，脸色煞白，面容憔悴，神情沮丧，目光忧郁，胳膊疲软。一张小圣像用别针别在帐子上。

屋子里可以闻到强烈的消化不良的臭味。

我说："喂，舅舅，您怎么还躺着？不舒服吗？"

他有气无力地回答："唉！我可怜的孩子，我刚才大病了一场，差点儿死了。"

"怎么会这样，舅舅？"

"我也不知道，很奇怪。不过，最怪的是刚从这儿出去的那个耶稣会神父，你也知道，就是我以前不能容忍的那个好心人，嘿，他居然得到上天的启示，得知我的

病情，跑来看我。"

我差点儿忍不住笑出声来，说："哦，真的吗？"

"真的，他确实来了。他听到一个声音叫他起床，到我这儿来，因为我快死了。这是一道天启。"

为了忍住不笑，我打了个喷嚏。我恨不得在地上打几个滚儿。

过了一分钟，我尽管心里说不出的高兴，但还是强装气愤地说："舅舅，您这个自由思想家，您这个共济会会员，怎么能接待他，而不把他撵出去呢？"

他好像有些不好意思，结结巴巴地说："你听我说呀，因为这件事实在太蹊跷，太蹊跷了，完全是天意呀！再说，他还跟我谈到我的父亲。他从前认识我父亲。"

"您的父亲，舅舅？"

"是的，好像他认识我父亲。"

"可是，也不能因为这个就接待一个耶稣会士呀。"

"我当然知道；不过我当时有病，病得很厉害！他尽心尽意照顾了我一整夜。他真是太好了。多亏他救了我。他们这些人，多少都懂一点医道。"

"哦，他照顾了您一整夜。可是，您刚才对我说，他刚打这儿出去呀?"

"是呀,没错。见他待我这么好,我就留他吃了顿午饭。他是在我床边这张小桌子上吃的,我只喝了一杯茶。"

"这么说……他也吃荤了?"

就像我说了什么大不敬的话似的,舅舅顿时面露不悦,说:

"别瞎说,加斯东;有些玩笑开得很不适当。我这次生病,他对我的关心比任何亲人还好,我希望别人也尊重他的信仰。"

这一次,我真有些茫然了;不过我还是回答:

"说得好,舅舅。那么,吃过午饭,你们又做什么了呢?"

"我们玩了一把别吉格①,然后他念日课经,我读他带来的一本小书,那本书写得不错。"

"一本宗教方面的书吗,舅舅?"

"可以说是,也可以说不是;更准确地说不是。这是他们在中非洲传教的故事,不如说是一本写旅游和冒险的书。这些人在那里做的事,很了不起啊。"

---

① 别吉格:一种纸牌游戏。

我开始感觉到事情不妙。我站起来，说："好吧，再见啦，舅舅，我看得出您正在脱离共济会，皈依宗教。您变节了。"

他仍然有些面带惭愧，咕哝着说："可是宗教也是一种共济会呀。"

我问："您那个耶稣会士，他下次什么时候来？"我舅舅喃喃地说："我 …… 我也不知道，也许明天吧 …… 不过也说不定。"

我沮丧极了，扭头就走。

我这个玩笑真是弄巧成拙！我舅舅彻底改变了信仰。如果仅止于此，倒还无所谓。天主教也好，共济会也罢，在我看来，不过是黑猫白猫。最糟糕的是，他刚刚立了遗嘱，是的，立了遗嘱，竟然剥夺了我的继承权，先生，把遗产留给了那个耶稣会神父。

安德烈的病 *

* 本篇首次发表于一八八三年七月二十四日的《吉尔·布拉斯报》，作者署名"莫弗里涅斯"；一八八四年首次收入保尔·奥朗道尔夫出版社出版的莫泊桑小说集《隆多利姐妹》。

献给埃德加·库尔图瓦①

公证人的房子的正面朝着广场。后面有一个精心种植的美丽的花园,一直延伸到一个叫长矛的小巷,那儿总是行人稀少,一堵墙把花园和小巷分开了。

就是在这个花园的尽头,莫洛先生的太太第一次跟索姆里沃上尉约会,索姆里沃上尉追求莫洛太太已经很久了。

她的丈夫到巴黎去了,要在那里待八天。所以她有整整一个星期的自由。上尉对她是那么苦苦央求,他用那么甜蜜的话语哀求她;她已经深信他是那么强烈地爱她,而她又感到自己生活在公证人唯一操心的契约书的包围中,是那么孤独,那么不被看重,那么受到冷落,她已经让上尉占有了自己的心,不过她并没有想过有一天还会给予更多。

---

① 埃德加·库尔图瓦(1847—1917):法国记者,《政治与文学杂志》《巴黎生活报》专栏作家。

那以后几个月的时间里，他们一直保持着柏拉图式的恋爱，紧紧地握握手，躲在门外短暂地窃吻；上尉终于宣称：在她丈夫外出期间，如果他得不到一次幽会，一次在树荫里的真正幽会，他便立刻申请调动，离开这座城市。

她让步了，她答应了。

此刻她正在等他，蜷缩在墙边，心怦怦地跳着，稍微有一点儿动静就打个寒战。

忽然她听到有人在爬墙，她差点儿要逃跑。如果不是他呢？如果是个小偷呢？可是，不，一个声音在轻轻地呼唤"玛蒂尔德"。她回道"艾蒂安"。接着，一个人便跳落在小路上，同时发出一声铁器碰撞的声音。

就是他！一阵多么热烈的吻啊！

他们久久地站在那儿，

拥抱，亲吻。可是，突然下起了毛毛细雨，雨滴从树叶滑落到树叶，在黑暗中汇成流水似的沙沙声。当第一颗雨珠滴在她脖子上时，她不禁打了个哆嗦。

他不停地念叨着："玛蒂尔德，我的心肝，我的宝贝，我的朋友，我的天使，我们进屋吧。半夜啦，我们没什么可怕的了。到您的屋里去吧，我求您啦。"

她回答："不，亲爱的，我害怕。谁知道会发生什么事！"

然而他把她紧紧搂在怀里，轻轻地在她耳边说："您的用人们都住在四楼，朝着广场的那一边；而您的卧室在二楼，面向花园，谁也听不到我们的声音。我爱您，我想无拘无束地，从头到脚，整个地爱您。"他使劲地搂住她，连连亲吻，弄得她心慌意乱。

她还在抵抗，既害怕，又害羞。但他拦腰搂住她，把她抱起来，冒着越下越大的雨向房子走去。

门仍然开着，他们蹑手蹑脚地上了楼，进了卧室，就在他擦亮一根火柴的时候，她推上了门闩。

不过，她已经有气无力，一头倒在扶手椅上。他跪下来，有条不紊地，先脱掉她的高帮皮鞋和长袜，亲吻她的脚，然后便脱她的衣服。

她呼吸急促地说："不，不，艾蒂安，我求求您，让我依然做个正派女人吧；否则，我以后会恨死您的！这种事，实在太丑恶，太过分！难道就不能只是心灵相爱吗……艾蒂安。"

上尉像贴身女佣般地灵巧，以一个急不可待的男人的敏捷，手不停歇地为她解纽扣，解腰箍，解搭扣，解胸衣带。她本想站起来逃跑，躲避他大胆放肆的举动，却不料整个身子从连衣裙、衬裙和内衣里一丝不挂地裸露而出，就像一只手抽出了手笼。

她不知所措，向床那边跑去，想躲到帷帐后面。这避难所可是个危险的地方。他已经追了过来。不过，他要抓住她，心急火燎，解军刀的时候太性急，军刀落在地板上，发出巨大的响声。

顿时，一声长长的呜咽，一声尖而持续的哭喊，一个孩子的哭喊，从敞着门的隔壁房间传来。

她小声说："你把安德烈惊醒了，他再也睡不着了。"

她的儿子才十五个月，睡在母亲附近，她夜间可以随时照看他。

欲火已经让上尉发狂，他根本不听她的："有什么关系？

有什么关系？我爱您，您是我的，玛蒂尔德。"

但她又愧疚，又惶恐，争辩道："不，不，您听他哭喊得多厉害，他很快就会吵醒奶奶。如果奶奶来了，我们怎么办？我们就完了！艾蒂安，听我说，夜里，每次他这样，他父亲就把他抱到我们床上来安抚他，他马上就不出声了，马上，没有别的办法。让我去把他抱过来吧，艾蒂安……"

孩子呼号着，发出的那刺耳的哭喊声，能穿透最厚重的墙壁，连住家附近街道上的行人都听得见。

上尉很沮丧，只得起身，玛蒂尔德便冲出去抱孩子，把他抱到自己的床上，孩子不哭了。

艾蒂安坐在一张椅子上，卷了一根烟。刚过了五分钟，安德烈就睡着了。母亲小声说："我现在就把他抱回去。"她非常小心地把孩子放在小床上。

她回来时，上尉正张开双臂等着她。

爱欲让他发了狂，他紧

紧搂住她。而她，终于被征服了，也紧紧抱着他，喃喃地说：

"艾蒂安……艾蒂安……我心爱的！啊！你要是知道……多么……多么……"

安德烈又哭喊起来。上尉十分恼火，咒骂道："他妈的！他就不能闭嘴？这毛孩子！"

没有，他没有闭嘴，这毛孩子，他哭喊个不停。

玛蒂尔德好像听到楼上有什么动静，想必是奶奶要过来。她赶忙跑去，把儿子抱到自己的床上。他立刻又哑口无声。

母亲接连三次把他抱回他的小床，又接连三次不得不把他抱到自己的床上。

天亮前一个小时，索姆里沃上尉离去时，嘴里还骂骂咧咧的。

不过，为了消消他的气，玛蒂尔德答应让他晚上再来。

他来了，就像昨天一样，但是等待已经让他气急败坏，他变得更不耐烦，更暴躁。

他很小心，把军刀轻轻地搭在扶手椅的两个扶手上，像贼一样脱掉长靴，说话声音低得连玛蒂尔德都听不清。终于，他就要快活，就要快活透顶了。可就在这时，地板，也许是某个家具，也可能就是床，咔嚓响了一下，那是一种清脆的响声，就像某个支撑的腿断了似的；而与此同时，一个哭声立刻与之回应，这哭声起初还很微弱，可越来越尖锐。安德烈又被惊醒了。

他像狐狸般尖叫。如果他还这样叫下去，可以肯定，整个房子里的人都会起来。

母亲发疯似的奔过去，把孩子又抱了回来。上尉根本就没起身。他很恼火。于是，他把手轻轻地伸过去，两个手指捏住小男孩儿的一点儿肉，腿上的也好，屁股上的也好，不论是哪儿的，使劲一拧。孩子挣扎了一下，刺耳地哭号起来。上尉更恼火，着了疯魔似的拧得更使劲，而且到处拧。他用力掐住孩子身上肉多的地方，狠命地拧；然后松开，又拧旁边的地方；接着再拧更远的地方，然后再换一个地方。

孩子连声嘶号，就像被宰杀的小鸡，或是被鞭打的小狗。母亲泪流满面，抱着他，抚摸他，试图让他静下来，用亲吻止住他的哭叫。但安德烈的脸已经发紫；他好像就要抽搐了似的，小手小脚乱动，让人害怕，又令人心碎。

上尉故作温柔地说："你就试试把孩子送回他的小床，也许他就安静下来了呢。"于是玛蒂尔德抱着孩子去了另一个房间。

孩子一离开母亲的床,就哭得不那么厉害了;一回到他自己的房间,他就静下来了,只偶尔地呜咽两声。

此后这一夜都平静无声,上尉很得意。

接下来的一天夜晚,上尉又来了。他说话的声音有点儿大,安德烈又被吵醒了,而且嘶号起来。母亲又赶快跑去抱他;不过,上尉这次拧得更厉害,拧得那么准,那么狠,那么久,拧得孩子喘不过气来,两眼直翻,口吐白沫。

母亲把他抱回小床,他立刻就安静了。

到了第四天,他再也不哭了,也就用不着去母亲的床上了。

星期六晚上,公证人回家了。他重新占有了在家里以及夫妻共寝的睡房里的位置。

因为旅途疲倦,他很早就睡下;等他恢复了自己的习惯,认真地履行了他作为正派而又做事井井有条的男人的所有义务,他吃惊地说:"嘿,今天晚上,安德烈居然没有哭。快去把他抱来,玛蒂尔德,我很喜欢他在我们两人中间的感觉。"

妻子立刻起身去抱孩子;可是那孩子一看到自己又上了这张床,几天前他还是那么喜欢在这儿安睡,此刻却恐惧万分,又是挣扎,又是哭号,那样子是那么可怕,不得不又把他送回小床。

莫洛先生莫名其妙："真是怪事！他今天晚上怎么了？也许他困了。"

妻子回答："你不在的这几天，他一直就是这样。我没有一次能把他抱过来睡。"

早上，孩子醒来，就开始舞动两只小手，一边玩，一边笑。

公证人很感动，跑过去，亲吻自己的小宝贝，然后把他抱起来，要把他抱到夫妻俩的床上。安德烈笑着，那是思想仍然朦胧的小生命的初露的微笑。可突然，他看见了那张床，母亲正睡在里面，他的幸福的小脸立刻起了皱，变了样，同时喉咙里发出疯狂的哭喊，就像又要受苦受难似的。

父亲十分奇怪，嘀咕道："这孩子，有点儿什么不对劲。"一边很自然地掀起孩子的衬衣。

他惊愕地大呼一声："哎呀！"小家伙的两个小腿肚上，两个大腿上，两侧的腰上，整个屁股上，到处青一块

紫一块，而且都有一个苏的硬币那么大。

莫洛先生喊道："玛蒂尔德，看呀，多么可怕！"妻子大惊失色，连忙跑过来。每个青斑中间都横着一条瘀血形成的紫线。这肯定是一种可怕的怪病，一种麻风病的苗头；或者一种奇怪的病的苗头，患了这种病，皮肤会生癞蛤蟆脊背似的脓包，或者鳄鱼脊背似的鳞片。

这对父母惊慌失措，面面相觑。莫洛先生大喊一声："必须马上去请医生！"

然而，玛蒂尔德脸色比死人还要苍白。她目不转睛地望着像豹子一样斑斑点点的儿子，突然发出一声叫喊，一声不假思索的愤怒的叫喊，仿佛看见一个令她充满恐惧的人，她脱口而出："啊！这浑蛋！"

莫洛先生很吃惊，问道："嗯，你说谁呢？哪个浑蛋？"

她脸红到耳根，结结巴巴地说："没什么，是……你瞧……我猜……是……用不着请医生……这肯定是那个浑蛋奶妈拧的，小宝贝一哭，她就拧他，好让他住口。"

公证人怒不可遏，去找奶妈，还差点儿打了她；奶妈坚决否认，可还是被解雇了。

而且她的行为还被举报到市政府，再找到别的工作也难了。

被诅咒的面包*

＊ 本篇首次发表于一八八三年五月二十九日的《吉尔·布拉斯报》，署名"莫弗里涅斯"；一八八四年首次收入保尔·奥朗道尔夫出版社出版的莫泊桑小说集《隆多利姐妹》。

献给昂利·布莱纳①

1

塔依大叔有三个女儿,长女安娜,家里人很少谈到她;次女萝丝,今年十八岁;最小的一个克莱尔还是个孩子,刚刚进入她的第十五个春天。

塔依大叔今天已是个鳏夫。他是勒布吕芒先生纽扣厂的技工。他为人诚实,受人敬重,很正直,很朴素,是那种堪称模范的工人。他住在勒阿弗尔②的昂古莱姆街。

---

① 昂利·布莱纳(?—1894):莫泊桑青年时代在巴黎西郊沙图镇旁的塞纳河上划船的伙伴,绰号"战斧"。其母莱奥尼·布莱纳是福楼拜,也是莫泊桑的朋友,莫泊桑还曾将长篇小说《一生》献给她。
② 勒阿弗尔:法国西北部城市,濒临拉芒什海峡,地处塞纳河出海口,法国第二大港口。今属诺曼底大区滨海塞纳省。

自从安娜像人们所说的那样跟人跑了以后，老人就怒不可遏；他威胁要杀了那个勾引她的人，一个年轻人，本城一家大型时尚服饰用品商店的部门经理。后来，他从各方面得知她变得规矩了，把钱存在国家银行里，现在跟上了年纪的商业法庭法官迪布瓦先生在一起，不乱跑了，大叔也就消了气。

他甚至关心起大女儿做的事来，经常向见过她的从前的伙伴打听她住家的情况。人们告诉他，她住在一套自备家具的房子里，每个壁炉台上都摆着一些彩色花瓶，每面墙上都挂着一些油画，到处是镏金钟和地毯，他嘴角便闪过一个得意的微笑。他工作了三十年才积攒了可怜巴巴的五六千法郎！不管怎么说，这个丫头不笨！

不久前的一天早上，小图沙尔，街尽头那个木桶作坊老板的儿子，又来向二女儿萝丝求婚。老人的心扑腾起来。图沙尔家很有钱，也很受人尊重。他生了这几个女儿真有运气。

婚礼的日期已经定下来；他们决心要隆重操办一下。婚宴安排在圣女阿德莱丝①茹萨大妈的饭店举行。这会很破费；不过，管它去，反正就这一回。

---

① 圣女阿德莱丝：法国市镇，在滨海塞纳省，位于勒阿弗尔市西北方。

谁知一天早上,老人回家吃午饭,就在他跟两个女儿要吃饭的时候,门忽然开了,安娜走进来。她打扮得十分靓丽,手上戴着好几个戒指,头上戴着一顶镶羽毛的礼帽。尽管这样,她的心地还是挺善良可爱的。老人还没来得及说一声"喔唷",她已经扑过来搂住爸爸的脖子;接着,她又哭着倒在两个妹妹的怀里;然后,她一边抹着眼泪,一边坐下,要了一个盘子,全家人一起吃起浓汤来。这一下,塔依大叔感动得也哭起来,连说好几声:"这就好,既然来了,心肝,这就好。"安娜见机，立刻表明自己的来意。她不同意萝丝在圣女阿德莱丝镇举行婚宴，她不同意，就是不同意！这个婚宴，她希望在她家里办。而且不要爸爸出一分钱。她已经准备就绪：一切都安排好了，一切都解决了；一切由她承担，就是这样。

老人连声说："很好，心肝，很好。"不过他突然产生了一个顾虑。图沙尔家的人同意吗？未婚妻萝丝很意外，说："他们怎么会不同意呢？就这么办吧，我负责去跟菲利普说。"

果然，她当天就去跟未婚夫说了。菲利普说，他认为这么做好极了。能够办一个丰盛的晚宴而又分文不花，图沙尔大叔和大婶也很高兴。他们说："可以肯定，婚宴会非常成功，既然迪布瓦先生的钱多得花不完。"

不过，他们提出一个请求：允许他们邀请好友弗洛朗丝出席，她是住在二楼的那家人的厨娘。安娜什么都同意。

婚礼定在当月最后一个星期二举行。

2

在市政府办完了手续，举行完了宗教仪式，参加婚礼的人就向安娜家走去。塔侬家的人带来了年老的表兄索夫塔兰先生，此人喜爱哲理思考，讲究礼节，刻板拘泥，他们正等着继承他的产业呢；另外，他们还带来老姑妈拉蒙杜瓦太太。

索夫塔兰先生被指定让安娜挽着胳膊。指定他们俩搭配，是因为大家公认他们是最重要、社会地位最显贵的两个人。

一到安娜家门前，安娜马上离开她的骑士，往前跑，一边跑一边说："我给你们带路。"

她跑着登上楼梯，宾客的队伍放慢了脚步跟在后面。

年轻姑娘打开了房门，就闪在一边，给大家让路；人们在她面前鱼贯而过，滚动着大眼睛，转着头向四下张望，打量着那神秘的豪华景象。

考虑到饭厅太小，酒席就摆在客

厅里。从邻近一家饭馆借来了餐具；盛满葡萄酒的长颈大肚玻璃瓶在窗口投进的阳光下熠熠闪光。

女士们走到卧室里，摘下披巾和帽子。图沙尔大叔站在门口，对着低矮而宽阔的床眨眼示意，和男客们开着善意的玩笑。塔依大叔神色庄重，暗自骄傲地看着女儿的华丽陈设。他把礼帽捏在手里，从一个房间走到另一个房间，就像教堂的圣器室管理人一样，用眼睛清点着一件件物品。

安娜来来去去跑个不停，发着指令，催促着开宴。

终于，她出现在腾空了的饭厅门口，大声喊道："大伙儿都到这儿来。"十二位客人都赶过来，只见十二杯马德拉①葡萄酒围成圆圈，摆在一张独脚小圆桌上。

萝丝和丈夫拥抱着，在角落里频频亲吻。索夫塔兰先生想必已经被在场的男人们感染了，眼睛一刻不离安娜。这些男人，哪怕是那些又老又丑的，在风流多情的女人们身边也都被热情和期待弄得心痒痒的。而女人们，仿佛出于女性的本分和义务，感到对所有的男性都欠点什么似的。

然后大家入席，婚宴开始。亲友们坐在一头，年轻人坐在另一头。图沙尔太太坐在右边的首席，新娘坐在左边的首席。安娜关照着大家，关照着每一个人；注意酒杯是不是都斟满了，盘子是不是菜都上足了。主人的住宅是那么富丽堂皇，招待是那么热情隆重，一种敬而远之的拘束和惶恐，让宾客们有点拘束。大家吃得很好，吃得很香，但不像在婚宴上常见的那样有说有笑。人们感到环境太高贵了，反而有些不自在。图沙尔太太喜欢说笑，想尽量活跃活跃气氛；吃甜点的时候，她喊道："喂，菲利普，给我们唱点什么吧。"她儿子在他们那条街上是公认的勒阿弗尔最美的嗓子之一。

---

① 马德拉：是葡萄牙位于大西洋的一个群岛，由马德拉岛和几个小岛组成。马德拉葡萄酒是其特产之一。

新郎马上站起来，微笑着，礼貌而又殷勤地转身面向大姨子，心里寻思着有什么适合眼前情境的歌儿，既严肃得体，又和晚宴的气氛比较和谐。

安娜面带笑容，靠在椅背上，准备着洗耳恭听。所有人的脸都变得神情专注，微微含笑。

唱歌人宣布要唱一首《被诅咒的面包》①。他圈起右胳膊，上衣领子一直耸到脖子上，开始唱道：

勤俭的土地上有个祝圣过的面包，
我们必须用胜利的胳膊把它得到。
那是劳动的面包，正直人傍晚时
高高兴兴带给他的孩子们的面包。
但还有一种外表诱人的面包，是为
罚我们下地狱撒下的被诅咒的面包。（叠句）
孩子们，千万别碰，那是罪恶的面包！
亲爱的孩子们，千万别碰那个面包！（叠句）

---

① 《被诅咒的面包》：当时的一首流行歌曲，由夏尔·普尔米作曲、阿尔图尔·拉米作词。

全桌的人都疯狂地喝彩。图沙尔大叔高呼:"好哇,太棒了。"做客的厨娘感动地看着她手里把玩着的面包头。索夫塔兰先生低声赞叹:"好极了!"拉蒙杜瓦太太已经在用餐巾擦眼泪。

新郎宣布"现在唱第二段",便更起劲地唱起来:

> 老弱体衰,在路边向我们乞讨的
> 不幸的人,我们要对他表示敬意。
> 头脑灵活、身体健康,却逃避工作、
> 伸手乞怜的人,我们一定要鄙弃。
> 没有必要而去乞讨,是偷窃老人。
> 是窃取累弯了背的工人的辛劳。(叠句)
> 靠不劳而获的面包生活的人可耻!
> 亲爱的孩子们,千万别碰那个面包。(叠句)

所有的人,连站在墙边的两个用人,都齐声号叫着叠句。妇女们走调的嗓音和刺耳的尖声把男人们沉浊的歌声也改了调。

姑妈和新娘放声大哭。塔侬大叔好像吹喇叭似的,连连擤鼻涕。图沙尔大叔仿佛发了疯,挥动着一根面包,一直伸到桌子中央。厨娘朋友沉默不语,任随泪珠落在她一直把玩的面包头上。

群情激昂之中,索夫塔兰先生称赞道:"这才是健康的东西,跟那些粗俗下流的玩意完全不是一回事。"

安娜也十分兴奋,向妹妹频频送着飞吻,用友好的眼色祝贺她有个好丈夫。

年轻的新郎被取得的成功陶醉了,接着唱道:

在简陋狭窄的屋里,可爱的女工,

你好像在听诱惑者的花言巧语!

可怜的孩子听我说,别离开针线。

父母只有你,只有你是他们的幸福。

如果你父亲奄奄一息时责怪你,

你还能在可耻的奢华里找到乐趣?(叠句)

那耻辱的面包是含着泪水制造,

亲爱的孩子们,千万别碰那个面包。(叠句)

这一次只有两个用人和图沙尔大叔跟着唱叠句。安娜的脸变得煞白,眼睛也垂下了。新郎目瞪口呆,环顾四周,不明白为什么突然冷场。厨娘突然把面包头丢下，仿佛有毒似的。

为了缓和局面，索夫塔兰先生庄重地表示："最后一段就不必唱了。"塔依大叔的脸红到脖子，向周围转动着恶狠狠的目光。

这时，安娜满含泪水，用激动的声音，女人要哭的声音，吩咐用人："上香槟酒。"

宾客们顿时欢快起来，重又喜笑颜开。图沙尔大叔仿佛什么也没有发现，什么也没有感到，什么也不明白，他一个劲地向客人们挥动着面包，独自一个人高唱：

亲爱的孩子们，千万别碰那个面包。

看到头上包着银纸的酒瓶递上来，瓶塞嘣嘣地打开，所有出席婚宴的人都情绪高昂，应和着叠句：

亲爱的孩子们，千万别碰那个面包。

吕诺太太的案件*

* 本篇首次发表于一八八三年八月二十一日的《吉尔·布拉斯报》,作者署名"莫弗里涅斯";一八八四年首次收入保尔·奥朗道尔夫出版社出版的莫泊桑小说集《隆多利姐妹》。

献给乔治·杜瓦尔①

肥胖的治安法官,一只眼闭着,另一只眼似睁不睁,闷闷不乐地听着过堂的人们的申诉,时而轻轻地咕噜一声,显示他的见解,或者用孩子般尖细的嗓音打断申述,提几个问题。

他刚审理完若利先生控告裴蒂帕先生的案子,案由是:裴蒂帕先生的雇工耕地时,一不小心移动了地界。

他宣布下面审理的案件:圣器室管理人兼五金商伊波利特·拉库尔起诉昂蒂姆-伊希道尔的未亡人塞莱斯特-塞萨丽娜·吕诺太太。

伊波利特·拉库尔有四十五岁,高高的,瘦瘦的,留着长长的头发,像教会的人那样胡子刮得精光,说起话来慢吞吞,把音拖得长长的,像在唱歌似的。

① 乔治·杜瓦尔(1847—1917):法国记者和戏剧家,曾像莫泊桑一样为《高卢人报》撰写专栏文章。

吕诺太太看上去四十岁。她像角斗士一样魁梧，浑身的肉，把窄得紧贴在身上的连衣裙撑得鼓鼓的。她的庞大胯部，前面承载着过于丰满的胸部，后面支持着两个乳房般肥实的肩胛骨。她粗大的脖颈托着一张线条突出的脸。她饱满的声音虽然不算庄严，却能发出让玻璃窗和耳膜都震动的音响。她怀了孕，挺着一个像小山似的大肚子。

当事人、证人们都在等待着传唤。

治安法官先生开始审问。

"伊波利特·拉库尔先生，说说您的要求。"

原告发言：

"是这么回事，治安法官先生。到圣米歇尔节①就有九个月了，也就是说，九个月前的一天晚上，我正在敲三钟②的时候，吕诺太太来找我，她向我诉说了她不能生育的情况……"

治安法官："请讲得清楚些。"

---

① 圣米歇尔节：基督教纪念大天使圣米歇尔的节日，在每年九月二十九日。旧时这也是佃农在收获后交租的时候，因此在西方民间是个相当重要的日子。

② 三钟：天主教信徒一日早、中、晚三次祷告的钟声，这里显然是指晚祷的钟声。

伊波利特:"我会讲清楚的,先生。她说她想有个孩子,求我帮忙。我没有推三阻四,她就答应给我一百法郎。事情说定了,也解决了。她今天却拒不兑现诺言。治安法官先生,我就是当您的面要她兑现诺言。"

治安法官:"我根本听不懂您的话。您说她想有一个孩子?怎么个有法?男孩还是女孩?是要收养您的一个孩子吗?"

伊波利特:"不,法官先生,是要一个新的。"

治安法官:"您说的'一个新的'是什么意思?"

伊波利特:"我的意思是说一个新生的孩子,我们一起生的,就像我们是夫妻一样。"

治安法官:"您太让我吃惊了。她是出于什么目的,才向您提出这个很不正常的建议呢?"

伊波利特:"法官先生,一开始我也不明白她是什么目的,有点蒙了。不彻底弄明白,我是什么也不会做的,我一定要搞清楚她的目的,她这才向我抖搂出来。

"原来她丈夫昂蒂姆·伊希道尔,您我都认识他,在那以前的一个星期死了,因为没有子女,死后他的财产全都要归他的亲属。这可是关系到钱的大事,她很是气愤不平,便去找了一个通晓法律的人。这人跟她说,父亲死后十个月内出生的孩子,我想说如果她在昂蒂姆·伊希道尔亡故十个月之内分娩,产儿仍然被视为婚生的,也就享有继承权。

"她当机立断,不顾一切后果,就像我刚才对您说的,跑到教堂出口来找我。看在我是八个孩子的合法父亲,而且八个孩子个个活蹦乱跳,我的第一个孩子在卡尔瓦多斯省的康城①开食品杂货店,我又是跟维克多瓦尔-伊丽莎白·拉布合法结合……"

治安法官:"这些细节用不着说。说正题。"

伊波利特:"我这就进入正题,法官先生。因此她对我说:'如果你搞成了,只要医生证明我怀上了,我立马给你一百法郎。'

"于是我就打起精神,法官先生,尽我所能地让她满意。果然,六个星期,也许是两个月头上,我高兴地听说成功了。可是,我要那一百法郎的时候,她却拒绝给我。我要了好几次,一个子儿也没拿到。她甚至骂我是强盗,是阳痿。可是,只要看看她的肚子,就证明正好相反。"

---

① 卡尔瓦多斯省的康城:卡尔瓦多斯省是法国诺曼底大区的五个省之一,康城是其省会。

治安法官:"吕诺太太,您有什么要说的?"

吕诺太太:"我说,法官先生,这人是个强盗!"

治安法官:"您这么说有什么证据?"

吕诺太太(脸涨得通红,激动得气都透不过来,话也说不清):"什么证据? 什么证据? 我有不止一个证据,而且是确凿的证据,证明孩子不是他的。不,不是他的,法官先生,我把手放在我亡夫的脑袋上发誓,不是他的。"

治安法官:"既然如此,那么是谁的呢?"

吕诺太太(气愤得讲话都有些口吃了):"我怎么知道? 我,我怎么知道? 是大家的。法官先生,您瞧,这儿都是我的证人;他们一共有六个人。您让他们说,让他们说,他们会回答的……"

治安法官:"请冷静,吕诺太太,请冷静,心平气和地回

答。您有什么理由怀疑这个人不是您怀着的孩子的父亲呢?"

吕诺太太:"什么理由? 要说理由,我有的不是一条,我有一百条,一百条,两百条,五百条,一万条,一百万条还不止。向他提过您知道的那个建议,答应给他一百法郎以后,我听说他是个戴绿帽子的,请别见怪,法官先生,他的孩子都不是他的,不是他的,没有一个是他的。"

伊波利特·拉库尔(平静地):"这都是瞎话。"

吕诺太太(大怒):"瞎话! 瞎话! 那就索性全说出来!证明嘛,就是他老婆跟所有人都搞,我就对您说吧,跟所有人。瞧,治安法官先生,这些都是我的证人。您让他们说!"

伊波利特·拉库尔(冷冷地):"全是瞎话!"

吕诺太太:"那就说出来好了! 那些红头发的,是你弄出来的吗,那些红头发的?"

治安法官:"请注意,不要进行人身攻击,不然我就不得不严惩了。"

吕诺太太:"因此我对他的能力产生了怀疑。我心想,就像人们常说的,加个小心总有好处。于是我就把我的事托付给塞赛尔·勒皮克,我这位证人,就在这儿。他对我说:'吕诺太太,随您吩咐。'伊波利特没使上劲的情况下,他就

来援助。不过，我为自己预备的其他证人也都知道这件事，只要我乐意，证人能来一百多，法官先生。

"您看到的站在那边的大个子，他叫吕卡斯·尚德利埃，他就发誓说我不该给伊波利特·拉库尔一百法郎，因为他干的事并不比其他人多，而其他人一分钱也不要。"

伊波利特："既然这样，就根本不该答应给我一百法郎。我呢，我已经算在账上了，法官先生。跟我，来虚的可不行；答应了，就要兑现。"

吕诺太太（怒不可遏）："一百法郎！一百法郎！为这点事儿要一百法郎，强盗，一百法郎！他们可一点也没跟我要，一分一文也没要。瞧，他们就在这儿，六个证人，请您让他们做证，法官先生，他们会回答的，他们会回答的，一定会回答的。（对伊波利特）看看他们吧，看看他们是不是都比你强！这里是六个，要一百个，两百个，五百个也有，只要我乐意，小菜儿一碟，强盗！"

伊波利特："也许会有十万个呢……"

吕诺太太："是的，十万个，只要我乐意……"

伊波利特："反正我没有少尽我的义务……这也改变不了我们的协议。"

吕诺太太（两手拍着她的肚子）："好哇，那就证明这是你的，证明这一点，证明呀，证明呀，强盗！我料你也证明不了。"

伊波利特（平静地）："别说我，谁也证明不了。这也不妨碍你答应过我给我一百法郎。用不着把大家都拉进来。这什么也改变不了。本来我一个人就能做到。"

吕诺太太："这才是瞎说！强盗！治安法官先生，请您问问我的这些证人。他们肯定会回答的。"

治安法官叫来被告的证人。一共是六个，都是红头发，晃悠着两手，神色惊慌。

治安法官："吕卡斯·尚德利埃，您有理由认定您是吕诺太太肚子里的孩子的父亲吗？"

吕卡斯·尚德利埃："是的，先生。"

治安法官:"塞莱斯坦-皮埃尔·希杜瓦内,您有理由认定您是吕诺太太肚子里的孩子的父亲吗?"

塞莱斯坦-皮埃尔·希杜瓦内:"是的,先生。"

另外四个证人用同样的方式做了同样的陈诉。

治安法官沉思了一会儿,宣布:

"鉴于伊波利特·拉库尔先生自认为是吕诺太太的孩子的父亲,吕卡斯·尚德利埃,等等等等,以同样的理由,尽管不是占优势的理由,渴望同样获得父亲的身份;

"鉴于吕诺太太最早要求伊波利特·拉库尔协助,并接受和同意补偿其一百法郎;

"然而,鉴于拉库尔先生是否有严格权利以此种方式介入,这一点值得怀疑,因为他是已婚之人,依法理当忠实于其合法妻子,尽管他的诚实完全可信;

"另外,鉴于……

"兹判处吕诺太太付给伊波利特·拉库尔先生二十五法郎,以补偿其蒙受的时间损失和对他的异乎寻常的挪用。"

一个智者*

* 本篇首次发表于一八八三年十二月四日的《吉尔·布拉斯报》,作者署名"莫弗里涅斯";一八八四年首次收入保尔·奥朗道尔夫出版社出版的莫泊桑小说集《隆多利姐妹》。

献给德·沃男爵[①]

勃雷洛是我童年时的朋友，我最亲近的伙伴；我们之间没有任何秘密。植根于心灵和精神的深深的友谊，手足般的知心，彼此的绝对信任，把我们紧紧相连。他最细微的想法，连只敢向自己承认的良心上的些微羞愧，都会告诉我。我对他也一样。

他有什么爱情秘事，都会对我以实相告。我的罗曼史，也都会和他倾谈。

因此，当他向我宣布他将要结婚的时候，我像被背叛了一样受到伤害。我感到连接我们的那热诚和绝对的友情顿时烟消云散。他的妻子从此横亘在我们之间。即便他们不再相

---

① 德·沃男爵：法国人，本名阿尔蒂尔·德·沃（1843—1915），做过骑兵士官，后成为作家、专栏作家，《吉尔·布拉斯报》和《黑猫报》撰稿人；莫泊桑的朋友，在埃特尔塔的邻居；莫泊桑曾为其《手枪射手》一书作序。

爱，但床笫的亲近也在两人之间建立起一种同谋的关系，一种神秘的联盟。男人和女人，像两个谨慎的合伙人，提防着所有的人。不过，这夫妻接吻结成的联系，无论多么紧密，一旦妻子有了情人，也会突然断裂。

就像发生在昨天一样，我还清楚地记得勃雷洛的婚礼仪式的整个过程。我没有参加签订婚约的仪式，因为我对这类程序不感兴趣；我只参加了在市政府和教堂举行的婚礼。

那时我并不认识他的妻子；那是个高个儿的金发姑娘，苗条清秀，淡色的眼睛，浅色的头发，白白的面颊，鲜嫩的双手。她走路的样子给人一种波浪微微起伏的印象，仿佛她乘着一叶轻舟。她向前走的时候，就像在行一连串优雅的屈膝礼。

看来勃雷洛很爱她。他不停地瞅她；我感觉得到，他对这个女人怀着那么强烈的欲望，激动得颤抖。

几天以后，我去看他。他对我说："你想不到我多么幸福。我爱她爱得发狂。另外，她是……她是……"他没把这句话说完，而是将两个手指放在嘴上，做了一个手势，意思是说："神圣，甜蜜，完美，还有很多说不出的东西。"

我笑着问："有那么多吗？"

他回答:"能梦到的应有尽有!"

他把我介绍给她。她很可爱,要多亲切有多亲切,对我说别客气,就像在自己家里一样。但是我感到他,勃雷洛,不再是我的勃雷洛了。我们一向的亲密已经截然两断。我们几乎找不到两句话可说了。

我走了,后来我去东方做了一次旅行。我最后经过俄国、德国、瑞典和荷兰,漫游归来。

阔别十八个月,我终于回到巴黎。

回来的第二天,我正在林荫大道上游逛,重新呼吸巴黎的空气,远远看见一个男子向我走来,脸色苍白,面颊下陷,像是勃雷洛;不过已经不是那个红扑扑、有点发福的小伙子,而是一个消瘦的肺结核患者。我看着他,大为惊异,也十分不安,心想:"这是他吗?"他看见我,大喊一声,伸出双臂。我这才张开我的两臂,我们在大街上就拥抱起来。

我们从德鲁奥街到轻喜剧院①来回走了几趟,分别的时候,他已经筋疲力尽。我对他说:"你好像身体不大好。你

---

① 轻喜剧院:巴黎的一家剧院,演出活动始于一七九二年,上演过不同风格的剧目,此时位于第九区嘉布遣会修女大道和昂坦堤道街的十字路口,现已不存。

生病了吗？"他回答："是的，是有点不舒服。"

他那样子就像一个半死不活的人；对这个我曾经的、如此亲密、独一无二的老伙伴老朋友的同情涌上我心头，我紧紧握住他的手。

"你怎么啦？你痛苦吗？"

"不，就是有一点累。没什么。"

"你的医生怎么说？……"

"他说是贫血，要我吃些含铁的食物和红肉。"

一个疑问闪过我的脑海。我问：

"你过得幸福吗？"

"是的，很幸福。"

"非常幸福吗？"

"非常幸福。"

"你妻子呢？……"

"她很可爱。我比任何时候都更爱她。"

但是我发现他脸红了。他显得很尴尬，好像怕我再提新的问题。我抓住他的胳膊，把他推进一家在这个钟点空无一人的咖啡馆，逼他坐下，凝视着他，说：

"喂，我的老勒内，跟我说实话。"

他结结巴巴地说:"可是,我的确没什么对你说的。"

我语气坚定地接着说:"这不是真话。你病了。大概是心病,而你又不敢向任何人泄露这个秘密。有某种苦恼的事在吞噬你。不过,你一定要告诉我。喂,我等着。"

他的脸更红了,然后一边摇着头,一边结结巴巴地说:"这真蠢!……我……我完了……!"

见他欲言又止,我接着说:"喂,说呀。"他才像要把一桩折磨他而他又从没承认过的心事抛出来似的,突然说:

"唉!我有一个要我命的妻子……就是这么回事。"

我没明白,于是问:"她让你过得不幸福吗?她没日没夜地折磨你吗?是怎么折磨你呢?是在哪方面折磨你呢?"

他就像在忏悔一桩罪行似的,用微弱的声音低声说:"不……是我爱她爱得太过分了。"

在这突如其来的招认面前,我先是久久地发愣;接着,我又忍不住要笑;最后,我才说:

"不过,在我看来,你……你可以……爱她有点节制嘛。"

他的脸色变得更白,终于决定像往日一样向我敞开心扉地说话:

"不,我做不到。我就要死了,我知道,我就要死了。我在自杀。我很怕。有些日子,就像今天吧,我很想离开她,走开,越远越好,哪怕走到天涯海角,去生活,一去不返。可是后来,夜晚来临的时候,我又情不自禁地走回家,磨磨蹭蹭地,尽管精神上十分痛苦。我慢慢地爬上楼梯。我拉响门铃。她在那儿,坐在扶手椅里。她对我说:'你怎么这么晚才回来!'我拥吻她。然后,我们就在桌旁坐下吃饭。吃饭的时候我一直都在想:吃完晚饭我就出去,坐火车,无论去哪儿。可是,当我们回到客厅时,我感到那么疲乏,再也没有勇气站起来。我就留下来。然后……然后……我总是屈服……"

我忍不住又笑了。他见我笑,便接着说:"你还笑!可是,我向你保证,这很可怕。"

"你为什么不告诉你妻子呢?"我对他说,"除非她是个妖魔,她会理解你的。"

他耸了耸肩膀。"噢!你说得轻松。我没告诉她,那是因为我了解她的天性。你难道从没有听人说某些女人:'现在轮到她的第三个丈夫了。'听说过,对不对,而且你只觉得好笑,就像你刚才那样。然而,这是真的。怎么办呢?这既不是她的过错,也不是我的。她就是这样,因为天性使然。亲爱的,她有梅萨丽娜①的气质。她自己不知道,但是我很清楚,活该我倒霉。她可爱,甜蜜,温柔,觉得我们的爱抚是很自然的,而且已经很有节制。但是它们却让我疲惫不堪,要我的命。她就像一个不谙世事的寄宿女生。她只是无知而已,这可怜的孩子。

"啊!我每天都一次又一次地痛下决心。你要知道,我就要死了。可是,只要她看我一眼,让我从中看到她渴望接吻的一眼,我立刻就屈服了,对自己说:'这是最后一次。我以后再也不会要这些致命的吻。'就像今天这样,屈服了

---

① 梅萨丽娜:全名瓦雷莉亚·梅萨丽娜(20—48),罗马帝国皇帝克劳狄的第三个妻子,据说生活放纵不羁,因此她的名字也被用作淫荡女人的代称。

以后,我便离开家,像刚才走到你面前一样,一边想着死,一边对自己说:'我完了,我完了。'

"我的精神受到那么大的打击,情绪那么沮丧,昨天我甚至去拉雪兹神父公墓①转了一圈。我看着那些像多米诺骨牌一样排列着的坟墓,心想:'用不了多久,我就要在那里面了。'然后,我回家来,对自己说:'我已经病入膏肓,我必须逃跑。'可是我没有这么做。

"噢!你不了解这一点。问一个被尼古丁毒害的烟鬼,他是不是能放弃这香甜但却致命的习惯。他会对你说,他尝试过一百次也没有成功。他还会对你说:'活该!我宁愿被它毒死。'我就是这样。一个人陷入了这种嗜好或者这种恶癖的齿轮,就永远没法解脱。"

他站起来,向我伸出手。我心头突然涌起一股强烈的愤怒,对那个女人的愤怒,对那种自己意识不到、可爱而又可怕的女人的仇恨的愤怒。就在他扣上短大衣要出去的时候,我冲着他的脸抛出一句:"嗨!与其让她这样要了你的命,不如给她找几个情人!"

---

① 拉雪兹神父公墓:巴黎最著名的公墓,位于二十区。

他又耸了耸肩膀,没有回答,就走远了。

我有半年没再见他。我每天早上都准备着接到一份出席他葬礼的请柬。不过,一种复杂的感情妨碍着我,我再也不愿跨进他的家门。这感情里包含着对那个女人的轻蔑,对他的愤怒、恼火以及无数各种各样的感觉。

一个晴好的春日,我在香榭丽舍大街散步。和煦的午后在我们身上泛起说不出的愉悦,点亮我们的眼睛,让我们充满生活的信念。忽然,有个人拍了一下我的肩膀。我一回头:原来是他,是他,神采焕发,身体健壮,脸色红润,胖墩墩的,大腹便便。

他喜气洋洋,向我伸出两手,大喊:"是你吗,翻脸不认人的家伙?"

我看着他,意外地呆住了:"当然……是我。祝贺你,天哪,六个月不见,你大变样了。"

他脸变得通红,假笑着,接着说:"尽力而为吧。"

我一个劲地看着他,看得他都有些难为情了。我说:"那么,你……你的病好了?"

他很快地支吾着说:"是的,完全好了。谢谢。"然后,他又换了语调说,"老朋友,遇见你真是太巧了!我希望咱们又可以见面,而且经常见面了。你说呢?"

但是我放不下我的心思,我想知道究竟发生了什么情况。我问:"喂,你还记得你对我说过的心里话吗,半年过去了……这么说……这么说……你顶住了,现在?"

他嘟哝着说:"你就当我什么也没有跟你说过,让我安静些吧。不过,你知道,我既然找到了你,就不会放过你。你来我家吃晚饭吧。"

我突然产生了一个强烈的愿望,想去他家里看看,弄清楚到底是怎么回事。我接受了。

两个钟头以后,他就把我领进他的家门。

他的妻子十分亲切地接待了我。她的态度很真诚,性格天真,谈吐不俗,可谓赏心悦目。她的手修长,面颊、颈项白皙而又细腻;她的肌肤,一看就是出身于高贵典雅的世家。而她走路仍然像小艇一样做着悠长的运动,就好像她的每一条腿,每走一步都微微地弯曲一下。

勒内友爱地吻了她的额头,问:"吕西安还没到吗?"

她用轻微然而清晰的声音回答:

"没有,还没到,我的朋友。您知道他总是有点迟到。"

铃声响了。一个高大的年轻人出现了,褐色的头发,连面颊上也长着毛，一副上流社会大力士的形态。我们彼此做了自我介绍。他叫吕西安·德拉巴尔。

勒内和他用力地握了手，然后大家就入席吃饭。

晚饭味道很美，充满欢乐。勒内不停地跟我说话，又亲近，又热诚，又坦率，就像从前一样。例如，"你知道吗，我的老伙计。""你说呀，我的老伙计。""你听呀，我的老伙计。"接着又突然说一句："你不知道，又能见到你，我多么高兴，就像我又活过来了似的。"

我瞧了瞧他妻子和另一个男人。他们的态度始终都很正常。只有那么一两次，我似乎觉得他们偷偷地迅速交换了一下目光。

一吃完晚饭，勒内就转过脸去对他妻子说："我亲爱的朋友，我又找到了皮埃尔，我要把他带走，像从前一样，去林荫大道好好聊一聊。希望您能原谅我们这次男人们的鲁莽行动。再说,我把德拉巴尔先生留给您。"

少妇微微一笑,向我伸出手,对我说:"您别把他留得太久了哟。"

我们俩就臂挽着臂来到大街上。我现在无论如何也要弄个明白:"喂,到底发生了什么事?告诉我……"可是他突然打断了我的话,好像被人无端打扰了似的,不耐烦地说:"噢,这个嘛,我的老朋友,别老拿你的问题打扰我了!"接着,他带着深信自己做了一个明智决定的人的表情,像自言自语似的,低声说:"像过去那样,听任自己最后被累死,简直太愚蠢!"

我也不再追问。我们一边闲聊,一边快步走着。忽然,他在我耳边小声说:"喂,咱们去看看妞儿们好不好?"

我爽快地笑了笑:"听你的,走,我的老朋友。"

伞 *

* 本篇首次发表于一八八四年二月十日的《高卢人报》；同年首次收入保尔·奥朗道尔夫出版社出版的莫泊桑小说集《隆多利姐妹》。

献给卡米耶·乌迪诺①

奥莱依太太很节省。她知道一个苏也是珍贵的；为了让钱财增值，她有一大套严格的清规戒律。她家的女用人要想报虚账揩点油肯定得费尽心机；就连奥莱依先生想要几个零花钱也难于登天。其实，他们的景况堪称小康，又无儿无女。但是奥莱依太太看到白花花的银币从她手里出去，却感到那么痛苦，就好像心被撕掉了一块。每次她迫不得已付出一笔稍大的开支，即使是无法再省的，那天夜里她也会辗转难眠。

奥莱依一再劝妻子：

"你手头尽可以放宽一点，既然我们从来也没有吃过老本。"

她总是回答：

---

① 卡米耶·乌迪诺（1860—1931）：法国剧作家和小说家，莫泊桑的好友，莫泊桑的女友艾尔米娜·勒孔特·德·诺伊夫人的兄弟。

"谁也不知道会发生什么事。钱多总比钱少好。"

这是个四十岁的矮小的女人,性子急,脸上已生出皱纹,爱干净,动不动就发脾气。

她的丈夫时时刻刻都在抱怨,被她弄得缺这少那,饱受其苦。某些东西该有的没有,让他特别难过,因为缺少这些东西伤害了他的自尊心。

他在陆军部任主任科员。他在这个职位上待着,纯粹是遵从妻子的命令,为了增加家里从不动用的年息。

然而,两年来,他总是夹着那把满是补丁的伞去上班,经常招致同事们的冷嘲热讽。他终于受不了他们的讥笑,要求奥莱依太太无论如何给他买一把新伞。她去买了一把八个半法郎的,是一家大商店招徕顾客的削价商品。同事们看出这是一件成千上万地投放到巴黎市场上的大路货，又嘲弄起他来；奥莱依为此伤心透了。那把雨伞也确实不顶用，只用了三个月就报废了，部里人全把他当作笑料。甚至有人编了一支小曲，偌大的办公楼里，从早到晚，从楼上到楼下，都听得见有人在唱。

奥莱依气愤至极，强令妻子给他选购一把新的大雨伞，要精织绸缎的，价格至少二十法郎，而且要带回发票为证。

结果她买了一把十八法郎的；交给丈夫的时候，还恼怒得面红耳赤，宣布：

"你至少得用五年。"

奥莱依趾高气扬，在办公室里获得了一次真正的成功。

他当晚回到家，妻子非常担心地看着伞，对他说：

"你可不能老让松紧带紧箍着伞，这么做会把伞面箍裂的。你要多加小心，反正我决不会这么快又给你买一把。"

她拿过伞来，解开扣，抖开伞褶。突然，她吓得呆若木鸡。她看见一个圆圆的窟窿，有一个生丁①的硬币大小，赫然出现在伞面中央。是雪茄烟烧的！

她嘀咕道：

---

① 生丁：法国旧时辅币，五生丁等于一个苏，一百生丁等于一法郎。

"这是怎么了?"

她丈夫看也没看一眼,若无其事地回答:

"谁怎么了?什么怎么了?你说的什么呀?"

现在,怒火堵塞了她的喉咙,她已经语不成声:

"你……你……你烧了……你的……你的……伞。你……你……你简直疯了!……你是想让咱们倾家荡产呀!"

他顿时脸色煞白,转过身来:

"你说什么?"

"我说你把伞烧了。你看!……"

她仿佛要打他似的向他冲过来,把那个烧破的小圆洞猛地杵到他的鼻子底下。

他面对这个伤痕好一阵不知所措,嘟哝着:

"这个……这个……这是怎么回事?我,我真的不知道!我什么也没做,我敢对你发誓。我,我不知道这把伞怎么会这样!"

她现在已经是大吼大叫了:

"我敢打赌,你一定拿它在办公室里恶作剧来着,你一定拿它耍猴儿来着,你一定打开了向人家显摆来着。"

他回答：

"我只打开过一次，让大家看看这把伞多么漂亮。如此而已，我敢发誓。"

她气得直跺脚，跟他撒泼大闹起来。对一个性情平和的男人来说，夫妻间闹到这个份儿上，那家庭真比枪林弹雨的战场还要可怕。

她从颜色不同的那把旧伞上剪下一块绸子，补在新伞上。第二天，奥莱依带着修补了的雨具出门，神情谦卑得多了。他一到部里就把它塞进自己的柜子，如同一段不愉快的往事，再也不去想它。

可是，傍晚他刚回到家，妻子就把他手里的伞夺过去，打开来检查。她简直惊呆了，因为呈现在她面前的是一起无法弥补的惨祸。伞面上密密麻麻布满了显然是烧灼造成的小孔，就像有人把燃着的一斗烟的余烬一股脑儿倒在了上面似的。伞完蛋了，而且无法补救。

她注视着这一切，一言不发，因为她愤怒到了极点，嗓子眼里连一个字也迸不出来了。而他呢，也望着损坏的伞目瞪口呆，又是惊骇又是沮丧。

夫妻俩你看看我，我看看你；他低下了头；她把那千疮

百孔的东西扔过来,他脸上挨个正着;她一股无名怒火上蹿,终于冲开了嗓门儿:

"啊!坏蛋!坏蛋!你是成心这么做的!我一定要让你付出代价!你休想再有新伞……"

一场大吵大闹又开始了。一个钟头的暴风骤雨过后,他才有辩解的机会。他赌咒发誓,说自己也弄不懂是怎么回事;这件事只可能是出自别人的恶意或者报复。

一阵门铃声解救了他。是一位友人如约到他们家来吃晚饭。

奥莱依太太把情况说了,请这位朋友评理。再买一把新伞,那是绝不可能了,她丈夫休想再有一把新伞。

友人回答得十分在理:

"那样的话,太太,可就毁了他的衣裳啦,衣裳当然更值钱。"

那矮小的女人依然气呼呼的，回答：

"那么，就让他拿一把厨房用的伞，反正我决不会再给他一把新的绸伞。"

一想到要他拿厨房用的伞，奥莱依奋起反抗：

"那我，我就辞职不干了！我决不打着厨房伞到部里去。"

那位朋友又说：

"把这一把换个伞面，也不会太贵。"

奥莱依太太火更大了，嘟哝道：

"换伞面至少要八法郎。八法郎加十八法郎，就是二十六法郎！为一把伞花二十六法郎，这简直是发疯，是精神有病！"

那位朋友是个贫寒的小市民，忽然计上心来：

"那就去要求你们的保险公司赔偿。东西烧毁了，只要是在你们住宅里烧毁的，保险公司都应该赔偿。"

一听到这个主意，那矮小的女人顿时怒气全消；她琢磨了一分钟，然后对丈夫说：

"明天，去部里以前，你先去一趟马泰内尔保险公司，让他们看一下伞的情况，要求他们赔偿。"

奥莱依先生吓了一跳：

"杀了我也不敢去！无非是损失十八法郎，没什么了不起。饿不死我们。"

于是，第二天他带了一根手杖出门。幸好是晴天。

奥莱依太太独自一人待在家里。痛失十八法郎，她无法自慰。那把伞就放在餐厅的桌子上，她围着它转悠来转悠去，拿不定主意。

她无时无刻不在想着找保险公司的事，可是她也不敢去面对接待她的那些先生的讽刺的目光，因为她在人面前也很腼腆的，动不动就会脸红，有时不得不跟陌生人说话，也是一张口就紧张。

可是对十八个法郎的惋惜，就跟一个伤口一样让她痛苦。她不愿意再去想它，但这笔损失的记忆却不断地捶得她心痛。究竟该怎么办？时间一小时一小时地过去，她还是拿不定任何主意。后来，就像胆小鬼摇身一变成了勇士，她突然下定决心：

"我一定要去，咱们等着瞧吧！"

不过，她还得先把伞打理一下，好让灾情显得十分严重，以便她更容易为自己的诉求辩护。她从壁炉台上取过一根火柴，在两根伞骨之间烧出一个手掌大的大窟窿；然后，她把残存的伞面仔细地卷好，用松紧带箍好，便披上披肩，戴上帽子，向保险公司所在的里沃利街快步走去。

但是，她越向前走，越放慢了脚步。她该怎么说呢？人家会怎么回答她呢？

她看着沿街房屋的门牌号码，还有二十八个号。很好！她还可以考虑考虑。她走得越来越慢。忽然她打了个哆嗦。前面就是那个大门，上面闪耀着镀金的大字："马泰内尔火灾保险公司"。已经到了！她停了一会儿，既惶恐又胆怯；然后便在那个门前走过去，走回来；然后又走过去，又走回来。

她终于对自己说：

"无论如何还是要去的。早去总比晚去好。"

不过，走进大楼，她就发觉自己的心怦怦直跳。

她进入一个宽敞的大厅，四周都是接待的窗口，每个窗口都看得见一个人头，身子被隔板遮挡着。

一位先生捧着一摞文件走出来。她停下来，怯生生地小声问道：

"对不起，先生，请问东西烧毁了要求赔偿，该找哪儿？"

那个人声音洪亮地回答：

"二楼,向左。灾害损失科。"

一听这个词儿,她更发怵了,真想拔腿就跑,什么也不说了,牺牲掉她的十八个法郎算了。可是,想到这个数目,她又恢复了一点勇气,气喘吁吁地往楼上爬,登一个梯阶就停一会儿。

到了二楼,她发现了一个门,便敲了几下。一个清脆的声音喊道:

"请进!"

她走进去一看,原来是一个很大的房间,三位先生正站在那里谈话,他们全都佩挂着勋章,神情庄重。

其中一个人问她:

"太太,您要接洽什么事?"

准备好的词儿她都想不起来了,只能吞吞吐吐地说:

"我来……我来……是为了……为了一起灾害损失。"

那位先生彬彬有礼,指着一把座椅:

"劳驾稍坐,我马上就接待您。"

说罢,他转向那两位先生,继续刚才的谈话:

"先生们,敝公司认为应为贵方承担的责任不能超过四十万法郎。贵方希望我们多付十万法郎,我们实难接受。

再说，评估表明……"

那两个人中的一个打断了他的话：

"不必多说了，先生，那就让法院来决定吧。我们只好告辞了。"

他们礼数周到地行了好几个礼，然后走了出去。

啊！要是她有勇气跟他们一起走，她就这么做了；她就一走了之，把一切都放弃了。但是她做得到吗？这时，那位先生回来了，一边弯腰致意一边问：

"太太，有什么事需要为您效劳？"

她难以启齿地说：

"我来是为了……为了这个。"

她把伞递了过去。这位主任低下头去看那东西，眼里流露出天真的惊讶表情。

她用一只颤抖的手试图解开松紧带。几经努力，终于解开，那副布面破烂的伞的骸骨也猛地撑了开来。

那先生语带同情地说：

"看来伤势很重啊！"

她不无忧伤地说：

"我花二十法郎买来的呢。"

他惊讶道：

"真的吗？有这么贵？"

"是啊，原是一把上好的伞。我想请您看看它现在的情况。"

"很好，我看见了。很好。可是我不知道这跟我能有什么关系。"

她顿时感到一阵不安。也许这家保险公司对小东西是不负责赔偿的，于是她说：

"不过……它是烧毁的呀……"

那位先生并不否认这一点：

"我看得很清楚。"

她张口结舌，再也不知道说什么才好；后来，她突然明白自己忘了说明来意，便连忙说：

"我是奥莱依太太。我们是在马泰内尔保险公司投保的；我是来要求你们赔偿这起损失的。"

她怕遭到正面拒绝，赶紧补充一句：

"我只要求你们给换个伞面儿。"

主任真给难住了，说：

"可是……太太……我们不是卖伞的商店。我们不能承担这一类修理的事情。"

这矮小的女人感到信心又来了。就是应该争。那么她就放开了争！她不再害怕了，她说：

"我只要求付给我修理费。我自己去找人修。"

那位先生显出抱歉的样子，说：

"太太，的确，钱不算多。可是像这样细微的小事情，还从来没有人向我们要求过赔偿。您想必也理解，像手绢、手套、笤帚、旧鞋，所有这类每天都可能遭到烟熏火燎的小物件，我们是无法赔偿的。"

她觉得怒气上冲，脸都涨红了，说：

"不过，先生，去年十二月，我们家烟筒着了一次火，至少给我们造成五百法郎的损失；奥莱依先生并没有向你们公司要求丝毫赔偿；因此，今天要求赔偿我这把伞，是十分公平的。"

主任猜到她在撒谎，苦笑着说：

"奥莱依先生蒙受五百法郎的损失都没有要求赔偿，现在却为了一把伞跑来要求五六个法郎的修理费，太太，您也会承认这是很令人奇怪的事吧。"

她一点也不慌张，而且反驳道：

"对不起，先生，五百法郎的损失关系奥莱依先生的钱包，而十八法郎的损失关系奥莱依太太的钱包，这可不是一码事。"

他看出要是不答应她就休想打发她走，而且这一天都要泡汤，他只好息事宁人地说：

"那么，就请把事情的经过讲给我听听吧。"

她感到胜利在望了，就讲述起来：

"是这么回事，先生，我家前厅里，有一个铜做的家什，是插伞和手杖的。那一天，我回到家，就把这把伞插在里面。还得告诉您，正好在那家什的上边，墙上钉着一块小木板，是放蜡烛和火柴的。我伸手去拿了四根火柴。我擦了一根，没着；我又擦一根，着了，可马上又灭了；我擦第三根；还是一样。"

主任打断她的话，插了一句俏皮话：

"这么说一定是政府的火柴了。①"

她并没有领会这句俏皮话,接着说:

"也许吧。第四根总算擦着了,我点着了蜡烛,就进卧室睡觉了。可是过了一刻钟光景,我好像闻到一股烧焦的味儿。我,从来都怕火。啊!就是万一遭了火灾,那也绝不会是我的错。尤其是刚才跟您提到的那次烟筒失火以后,我总是提心吊胆。所以我马上爬了起来,走出卧室,四处找,像猎狗似的到处闻,最后发现是我的伞烧着了。大概是一根火柴掉到伞里了。您看它被烧成什么样子了……"

主任这时已经拿定主意,问道:

"您估计损失多少钱?"

她先是沉吟不语,不敢确定一个数目。后来,为了表示大度,她说:

"您叫人去修理吧,我就拜托您啦。"

他拒绝道:

"别,太太,我办不了。您就告诉我您要求多少钱吧。"

---

① 一八七五年一月十八日起法国化学火柴的制造和销售均由国家垄断,市面上很难买到传统使用的优质瑞典火柴,而地下生产以及进口的劣质火柴泛滥,招致民众不满。

"这个……我觉得……您看,先生,我也不想勉强您……咱们这么办吧。我把伞送到一个厂家去,让他们给绷上耐用的好绸面子,然后我把发票给您送来。这样行吗?"

"好极了,太太,就这么说定了。这是给出纳科的一个条子,他们会给您报销的。"

他递给奥莱依太太一张卡片。她接过来,就站起身,一边道谢,一边往外走;她急着要出去,因为她生怕他会改变主意。

她现在迈着欢快的步子走在大街上,要找一家她觉得品位高的伞店。等她找到一个装潢富丽的店铺,她就走进去,用底气十足的口吻说:

"喏,这把伞要换一个绸面,好绸面,一定要用你们最好的绸子。我不在乎价钱。"

门闩*

* 本篇首次发表于一八八二年七月二十五日的《吉尔·布拉斯报》,作者署名"莫弗里涅斯";一八八四年首次收入保尔·奥朗道尔夫出版社出版的莫泊桑小说集《隆多利姐妹》。

献给拉乌尔·德尼萨内[①]

四个半满的酒杯仍然搁在吃晚饭的人面前,一般而言,这表明进餐者的酒囊已经灌得满满。他们开始每个人都只顾讲自己经历的事,抢着讲话而不听别人回答;他们嗓门越来越大,姿势越来越猛,眼睛越来越亮。

这是一次单身汉的晚餐,久经考验的老单身汉的晚餐。二十年前,他们发起了名为"独身者"的例行聚餐。他们那时有十四个人,全都矢志终身不娶。如今剩下四个:死了三个,另外七个结了婚。

不过这四个都很坚定,他们严格遵守这个奇特的团体最初订立的规矩。他们手拉着手共同发过誓,一定要尽可能地把所有的女人,尤其是朋友的妻子,尤其是最知心的朋友的

[①] 拉乌尔·德尼萨内(1838—1902):法国画家。

妻子，引离人们所说的正道。因此，一旦有一个朋友离开团体组建一个家庭，他一定要注意和所有过去的伙伴彻底闹翻。

另外，他们还得在每一次聚餐时，互相忏悔，互相坦白最后的艳遇，包括所有的细节和姓名，以及再准确不过的信息。由此产生了他们之间已经变得熟知的讽刺话，"像独身者那样胡说八道"。

另外，他们宣扬对女人的最完全的蔑视，把她们视为"取乐的畜生"。他们开口必称叔本华①，他们的上帝；他们呼吁重建后宫和塔楼②；他们在单身汉聚餐使用的桌布的边上绣上"Mulier perpetuus infans"③，并且在下面绣上阿尔弗雷德·德·维尼④的诗句：

女人，十二倍不纯洁的生病的孩子！⑤

---

① 叔本华：全名亚瑟·叔本华（1788—1860），德国哲学家，非理性主义哲学创始人。蔑视和仇恨妇女是其主要思想之一。
② 后宫和塔楼：指历史上某些伊斯兰国家女人幽居的闺房和后宫。
③ 拉丁文："女人，永远长不大的孩子"。
④ 阿尔弗雷德·德·维尼（1797—1863）：法国作家、小说家、戏剧家和诗人。
⑤ 出自维尼的诗集《命运集》中的《参孙之怒》一诗。

由于蔑视女人，以至于他们只想着她们，只为她们而生活，一切努力、一切愿望都集中在她们身上。

他们当中那些结了婚的人叫他们老色迷、风流鬼，拿他们取笑，可是又怕他们。

现在到了喝香槟酒的时刻，也正是独身者晚餐会开始说知心话的时候。

这一天，这几个老伙伴——因为他们现在的确老了，不过他们年纪越老，彼此吹嘘的那些艳遇就越发令人惊讶——讲起来没完没了。一个月以来，四个人当中的每一个人，已经至少每天诱惑了一个女人！而且那是怎样的女人啊！都是些最年轻，最高贵，最富有，最美丽的女人！

等他们都讲完了各自的故事，他们中的一个，就是第一个讲，然后不得不听其他人讲的那一位，站起来说：

"现在我们吹牛也吹完了，"他说，"让我给你们讲讲我的一桩艳遇，不是最近的一次，而是我一生中的第一次艳遇，讲讲我是怎么第一次陷落（因为这确实是一次陷落）到一个女人的怀抱里的。啊！我就不跟你们详述我……怎么说呢，我最早是怎么开始的了。第一次跳壕沟（我说的是转义的壕沟）丝毫也没有趣。它通常都会沾满泥浆。带点污泥站起来，总是少了一点美好的幻象，让人有些反感，有点扫兴。现实中的爱情，第一次接触到它难免有点让人厌恶，因为人们梦想的是别样的，更微妙更细腻的爱情。可是给您留下的却是一种精神和肉体的恶心的感觉，就像人们偶然把手放到了黏的东西上面，又没有水清洗。搓也没用，还是黏糊糊的。"

是的，人们会习惯的，而且很快！我相信，我们就是这么干的！不过……不过，我嘛，我总是遗憾在创世主组织这件事的时候，没能给他一些建议。我会设想出什么呢？我也不清楚，不过我相信我会做出不一样的安排。我会寻求一种更合适，更有诗意，是的，更有诗意的结合。

我觉得善良的天主在这件事上表现得太……太……自然主义。他的发明中缺少了诗意。

总之，我要向你们讲的是我的第一个上流社会的女人，我勾引过的第一个上流社会的女人。对不起，我想说勾引了我的第一个上流社会的女人。因为一开始总是我们被人勾上，然后才……反正是一回事。

那是我母亲的一个女友，而且是一个迷人的女人。

这些女人，一般来说，要么贞洁无瑕，因为她们愚蠢；要么风流多情，因为她们疯狂。人们指责我们腐蚀了她们！啊！确实如此！跟她们在一起，总是兔子先开始，而不是猎人！噢！看起来她们与此无关，可我知道，她们才是始作俑者，只不过她们不露声色；后来她们却指控我们葬送了她们，败坏了她们的名誉，导致她们堕落。我怎么说得清？

我说的这个女人，肯定正疯狂地希望我让她堕落呢。她大概三十五岁，我刚刚二十二岁。我那时更想的是成为一个特拉伯苦修会①的会士，而不是勾引女人。

---

① 特拉伯苦修会：天主教隐修会之一，又称缄口苦修会，一一四〇年创立于法索利尼市的特拉伯圣母院，主张终身素食，永久缄口，只以手示意，足不出院；修士们严守苦行，只做祈祷、礼拜和体力劳动。

可是，有一天，我去拜访她，我正惊讶地打量着她的衣服，那是一件晨衣，就像敲响弥撒钟声时的教堂大门一样敞开的晨衣，她拿起我的手，紧紧地握着，您知道，就像那个时刻一样紧紧地握着，仿佛快昏迷了似的发出一声呻吟，就是那种从下面传上来的呻吟，一边对我说："啊！别这样看我，我的孩子！"

我的脸臊得比西红柿还红，我变得比平时还羞涩，自然啰。我很想一走了事。但是她抓住我的手，牢牢抓住我的手；她把我的手放在她的胸脯，一个滋养得很丰腴的胸脯上，对我说："哎，感觉一下我的心，看它跳得多厉害。"当然啰，它跳得很厉害。于是我，我就开始领会，但我不知道怎么做，也不知道从哪儿开始。我从此就变了。

不过，我一只手始终按着她的像有夹层的肥硕的胸脯，另一只手捏着我的礼帽，继续带着不好意思的微笑，傻傻的微笑，畏惧的微笑，呆望着她。她突然直起身，气恼地说："啊，怎么会这样！您要做什么，年轻人，您很失礼，很不懂事！"我赶紧把手收回来，我止住微笑，连连道歉，站起来，震惊地摇着头，狼狈不堪地走了。

但是我已经被降住了,我做梦也想她。我觉得她可爱,迷人;我想我是爱她的,本来就爱她;我决心壮起胆子,甚至不惜铤而走险。

当我又见到她时,她暗暗地对我一笑。啊!那微微的一笑,让我心神缭乱。她久久地握我的手,意味深长而又坚定。

从这一天起,好像我就开始追求她了。至少她言之凿凿,说我从此就用少见的诡诈,绝顶的巧妙,数学家般的坚忍不拔,阿帕奇人①的狡黠,勾引、俘虏了她,损害了她的名誉。

但是有一件事始终让我十分为难。我去哪儿完成胜利的壮举呢?我是住在自己家里的,而我的父母在这一点上绝不会通融。我又没有足够的胆量,大白天里抱着一个女人走进旅馆的大门。我简直不知道该向谁请教了。

还是我这位女朋友,有一次跟我聊天的时候,开玩

---

① 阿帕奇人:美洲印第安原住民的一个部族,在作战中善于使用计策,历史上曾相当有势力,与白人抗争达数世纪。

笑似的对我说，年轻人都应该在城里有个房间。我们住在巴黎。我茅塞顿开，于是租了一个房间，约好她到这里来。

十一月的一天，她来了。这次预定的访问让我很伤脑筋，我本想推迟几天，因为我房间里没有火。而我没有火，是因为我的壁炉串烟。就在前一天，我跟我的房东，一个年老的买卖人，吵了一架；他答应两天内亲自带修壁炉的人来，认真监督，务必把工作做好。

她一进门，我就告诉她："我没有生火，因为我的壁炉串烟。"她好像根本没听我说话，便结结巴巴地说："没关系，我有火……"见我愣住了，她很不好意思，欲言又止，然后接着说："我已经不知道我在说什么了……我疯了……我昏了头……我在说什么呀，天老爷！我干吗要来，我这不幸的人啊！羞死人了！……"她呜咽着扑到我的怀里。

我以为她后悔了，向她发誓我一如既往地尊重她。于是她呻吟着瘫倒在我的膝旁："你难道看不出我爱你，看不出你已经征服了我，让我疯狂了！"

我立刻想到那开始逼近的时刻到来了。但是她打了个哆嗦,站起来,一直逃到衣橱后面藏起来,一边大声说:"啊!别看我,别,别,这日光让我害羞。最好你看不见我,就像夜间,只有我们两个人,在黑暗里一样。你想象过吗?多么美的梦境!啊!这讨厌的日光!"

我向窗户冲过去,关上外板窗,拉上窗帘,还把外套挂在仍能透进一线日光的地方;然后,我伸着手,免得碰到椅子,心怦怦跳着,找她,终于找到了她。

这是一次新的旅行,两个人,摸索着,嘴唇连着嘴唇,向我的凹室所在的另一个角落走去。我们走的想必不是直线,因为我先碰到了壁炉,然后是五斗橱,最后终于找到我们要找的地方。

于是我就在狂热的心醉神迷中忘记一切了。那是一个钟头的疯狂,热烈,非凡的欢快;接

着，一种美滋滋的倦意渗透全身，我们互相搂抱着睡着了。

我做起梦来。在梦中，我感到好像有人在呼喊，在向我求救；我好像被人猛击了一下，睁开眼睛！……

啊！……红红的、灿烂的夕阳的光芒从大开的窗户一股脑儿涌进来，似乎从天际看着我们，用它辉煌的光芒照亮了我乱糟糟的床，一个不知所措的女人躺在床上号叫着，挣扎着，身子扭动着，手脚乱动着，想抓住被毯的一头或者帷幔的一角，无论抓个什么把自己遮起来。而我的房东穿着长礼服，旁边站着门房和一个像鬼一样黑的修壁炉子的人，满脸讶异，站在房间中央，用惊愕的眼睛凝视着我们。

我愤怒地爬起来，差一点跳过去抓房东的大翻领，大喊："见鬼！你们到我家来做什么！"

修壁炉的人扑哧笑了出来，手里拿着的铁皮桶也掉在地上。门房似乎要疯了；房东结结巴巴地说：

"不过……先生……这是……这是……为了壁炉……壁炉……"

我大吼："该死的！滚……！"

于是，他礼貌地取下礼帽，很难为情的样子，往外走，一边小声说："对不起，先生，请原谅我；要知道会打扰您，我就不来了。门房对我肯定地说您出去了。请原谅我。"他们走了。

从那时起，你们听着，我就再也不关上窗户；不过，我总是插上门闩。

偶遇*

* 本篇首次发表于一八八四年三月十一日的《吉尔·布拉斯报》,作者署名"莫弗里涅斯";同年首次收入保尔·奥朗道尔夫出版社出版的莫泊桑小说集《隆多利姐妹》。

献给埃杜瓦尔·罗德①

这是个偶然,真正的偶然。德·埃特拉依男爵站得有些累了,走进一间卧房。在这节日的晚上,亲王夫人的所有卧房都是敞开的,空无一人,从灯火明亮的客厅走进去,几乎一片黑暗。

他肯定妻子在天亮以前绝不会走,于是想找个地方可以睡一觉。

---

① 埃杜瓦尔·罗德(1857—1910):瑞士法语作家,经历过从自然主义小说到心理小说,继而到社会小说的演化。

一进门,他就远远看见一张大床,蒙着绣金花的天蓝色绒布,放在宽阔的卧房的中央,像个埋葬爱情的灵柩台,因为亲王夫人已经不年轻了。床头后方有个巨大的亮斑,仿佛从高高的窗口看到的一个湖。那是一面镜子,偌大的、私密的镜子,它披着的深色幔帐有时落下来,而更多的时候是撩起来。那镜子似乎在观看床榻,它的同谋。它仿佛有记忆,又有遗憾,就像那些死人幽灵萦绕着的古堡;在它平坦空荡的表面,仿佛就要看到那些女人的赤裸髋部的美妙身形,那些胳膊相互搂抱的温柔动作闪过。

男爵来到这爱的卧房门口,不免心情激动,微笑着停留了一会儿。但是,什么东西突然出现在镜子里,就像幽灵突然出现在他眼前。一个男人和一个女人,坐在藏在阴暗处的一个低矮的长沙发上,站了起来。光滑的水晶镜反映出他们的形象,可以看到他们站着,接吻,然后分别。

男爵认出那是他的妻子和德·塞尔维涅侯爵。他像个坚强有自制力的男人那样,转身走开;他等着天亮以后带男爵夫人回去;不过,他已经没有睡意。

等他单独和妻子在一起的时候,他对她说:

"夫人,刚才我看见您在德·雷纳亲王夫人的卧房里。

我不需要多加说明了。我不喜欢责怪、动粗，也不想成为人们的笑柄。为了避免这些情况，我们就不事声张地分居吧。代理人会遵照我的指示安排您的将来。不住在我的屋顶下，您尽可以随心所欲地自由生活；不过，我警告您，由于您继续用我的姓，如果发生了什么丑闻，我将不得不严厉对待。"

她想要说话，但是他拦住了她，行了个礼，就回到自己的屋里去。

他感到不幸，更感到惊讶和忧伤。结婚后，在最初一段时间里，他还是很爱她的。这种热情后来逐渐冷却了；不过现在，在剧院里或者社交场上，他对她经常会有短暂的喜爱；可见他对男爵夫人还保留着某种兴趣。

她非常年轻，刚二十四岁，个子矮小，特别罕见的金黄头发，精瘦精瘦的体型。这是个玩具娃娃似的巴黎少妇，小巧玲珑，娇滴滴的，雅致，爱卖弄风情，挺风趣，算不得很美，但颇有魅力。跟自己的兄弟谈到她时，他经常不避讳地说："我妻子很迷人，很招人喜欢，只不过……她在您手里什么也留不下。她就像那一杯杯香槟酒，上面是满满的泡沫；您喝到酒杯见底，味道照样香醇，可就是太少了。"

他在房间里来回走着，心情烦躁，思绪万千。时而，一股怒气从心中涌起，他恨不得要去打断侯爵的腰，或者到俱乐部扇他的嘴巴。后来他又寻思，这品位太低，人们会笑话他，而不是笑话对方；这狂怒不如说是发自他受伤的虚荣心，而非发自他受到伤害的心灵。他躺下，但他根本睡不着。

几天以后，在巴黎，人们听说，由于性情不合，德·埃特拉依男爵夫妇友好地分居了。人们毫无猜疑，毫无闲话，也毫不惊讶。

不过，为了避免会令他痛苦的相遇，男爵去旅行了一年；接着，第二年，夏天他在海滨浴场度过，秋天打猎，冬天回巴黎。他没有再见他妻子一次。

可是他知道，人们对他妻子没有任何议论，她至少注意保持着外表。他也没有更多的要求了。

他烦闷了，就又去旅行，继而修缮他的维尔博斯克城堡，这用了他两年的时间；接着，他在城堡里接待友人，至少又忙乎了十五个月；后来，他厌倦了这种玩滥了的娱乐，就回到里尔街①的寓所。这时他们正好分居了六年。

他现在四十五岁，已经有不少白头发，有一点肚子，还

---

① 里尔街：巴黎第七区的一条街道。

有那曾经英俊、受人欢迎和喜爱，而今每况愈下的人的伤感。

回到巴黎一个月以后，有一次他从俱乐部出来的时候着凉了，咳嗽起来。医生嘱咐他去尼斯过冬。

于是，一个星期一的晚上，他乘快车出发了。

由于他来晚了，火车已经开始启动。包厢里有一个空的座位，他就上了车。已经有一个人安顿在最里面的那个带扶手的软座椅上，用毛皮大衣裹得严严实实的，他甚至猜不出是男是女。只见一个满是衣服的长包裹，别的什么也看不见。男爵看出什么也不可能知道，自己便也安顿下来，戴上他旅行时的无边高帽，摊开毯子裹在身上，仰在座椅上，很快就睡着了。

他天亮时才醒，立刻向那位旅伴看去。那人整夜一点也没动，好像仍然睡意浓浓。

德·埃特拉依先生利用这个机会做早上的梳洗，梳理胡子和头发，修饰面孔；人到了一定的年纪，一夜下来，面容会变得厉害，很厉害。

伟大的诗人说过：

人在年轻时,早晨也绚丽斑斓。①

人年轻时,醒来时容光焕发,皮肤鲜亮,目光灼灼,头发也闪烁着活力。

人老了,醒来时很凄惨。眼睛暗淡无光,面颊通红而且满是须毛,嘴唇厚厚的,头发黏糊糊的,胡子乱糟糟的,脸上带着一副苍老、疲惫、完结的惨相。

男爵打开他的旅行用品匣,梳了梳头发,整了整面容。然后,他就等着。

列车鸣响汽笛,停下了。邻座的人动了一下。他大概醒了。接着,火车又走起来。一道倾

---

① 引自法国诗人维克多·雨果的诗集《世纪的传说》中的《睡眠的波阿斯》一诗。

斜的阳光射进车厢，正好横在这个睡觉人的身上。这人又动了一下，像小鸡出窝似的动了动脑袋，静静地露出了脸。

这是个金黄色头发的年轻女子，青春，亮丽，而且丰满。她坐起来。

男爵看着她，目瞪口呆。他简直不知道该相信什么了。因为他可以发誓，这是……这是他的妻子；不过，他的妻子发生了令人刮目相看的变化……变得更好了，发胖了，啊！像他本人一样发胖了，但胖得好看。

她平静地看着他，好像没认出他，一面从容地从包裹着她的衣服里脱出身来。

她有着一个充满自信的女人的沉着，醒来时自知自感美丽又鲜艳的女人的旁若无人的傲慢。

男爵真的被弄糊涂了。

这是他的妻子吗？也许是另一个像姐妹一样和她相像的人？他六年没见她，可能认错了人。

她打了个哈欠。他认出了这是她的姿势。但是她向他转过脸来，上下打量他，用平静、冷漠、什么也不知道的眼光把他扫了个遍，然后就观赏起田野来。

他依然一片茫然，困惑得不知所措。他等着，执拗地窥伺着她。

没错,这就是他的妻子,见鬼!他怎么还会犹豫呢?生着这样的鼻子的,没有第二个人。无数个记忆回到他的脑海,他记得那些爱抚,记得她身体的那些微小的细节,髋部有一颗痣,背部也有一颗痣,正好对着第一颗。他曾经多少次吻过它们啊!他感到从前的那种醉意又沁入他的身心,仿佛又闻到她皮肤的香味,看到她手搭在他肩上时的微笑,听到她的声音的柔和音响,感到她所有亲密的温存。

可是她的变化太大了,她变得更美了!这是她,但又不再是她,他感到她更成熟,更肉感,更有女人味,更诱人,更令人向往,向往到令人崇拜的地步。

这么说,这个疏远的,不相认的,在车厢里偶然遇到的女人,果真是他的,在法律上属于他。他只需说一句:"我愿意。"

从前,他曾睡在她的怀抱里,活在她的爱情中。现在,他又见到她,而她的变化那么大,他几乎认不出她了。这是另一个她,同时又是她:这是在他离开以后出生、发育、长大的另一个她;这也是他曾经拥有的她,只不过他现在又见到她时,她的姿态已经变化,从前的线条更成熟,微笑少了些做作，动作多了些沉稳。这是合为一体的两个女人，许多新的未知成分和许多爱的记忆的混合。这是一个奇特、扰人、刺激人的存在，一种爱的奥秘，里面浮现着耐人寻味的交融。这是在一个新的身体里，在一个他从没有吻过的新的肉体里的他的妻子。

他想，的确，在六年时间里，我们身上的一切都在变。只有轮廓还可以识别，甚至有时连轮廓也模糊不清了。

血，头发，皮肤，一切都会重新开始，一切都会重新形成。如果人们很久没有见面，再见到的会是一个完全不同的存在，虽然它是同一个存在，带着原有的同一个名字。

人心也可能变化，思想也可能改变，更新，以致在四十年的人生中，通过缓慢而持续的变化，我们可能变成四五个绝对新的和不同的存在。

他这样想着，心里乱糟糟的。他突然想到那个晚上他在亲王夫人卧房里意外发现她的情景。他一点也不感到愤怒了。毕竟，他眼前的已经不是同一个女人，不是从前那个瘦小活跃的玩具娃娃似的女人了。

他该怎么办？他怎么对她说？对她说什么？她认出他了吗？

列车又停下了。他站起来,跟她打招呼,并且问:"贝尔特,您不需要一点什么吗? 我可以给您带来……"

她从头到脚打量他,既不惊讶,也不慌乱,更不生气,而是用毫不在意的平淡语调回答:"不——什么也不要——谢谢。"

他下了车,在站台上走了几步,活动活动,就像跌了一跤以后在恢复意识。他现在该怎么做呢? 上另一个车厢? 那样,他就会显得像逃跑。表现得礼貌殷勤? 那样,他就会像在求饶。像主子一样声严色厉? 那样,他就会像个粗鲁人,再说,真的,他已经没有这个权利。

他又上了车,坐回原位。

他不在的时候,她也匆匆梳洗了一下。现在,她舒展在扶手座椅里,镇定自若,神采飞扬。

他向她转过脸去,对她说:"我亲爱的贝尔特,我们心平气和地分居了六年,一个奇怪的偶然又让我们相遇,我们何必还要互相看作两个不可调和的敌人呢? 我们现在单独关在一起。好也罢,歹也罢,我,我不会一走了之。让我们像……像……朋……友一样聊聊,直到终点,不好吗?"

她平静地回答:"悉听尊便。"

他呆住了,不知道该说什么。接着,他鼓起勇气,走过来,坐在中间的座位上,用多情的语调说:"我看得出,非向您献殷勤不可了,好吧。再说,这也是一件愉快的事,因为您实在可爱。您根本想象不出,六年里您得到的有多么多。我没见过一个女人,像您刚才从皮毛大衣里出来那样,给我的感觉那么美妙。真的,我简直无法相信有可能发生这样的变化……"

她的头都没动一动,看也不看他一眼,说:"我可不能这么说您,因为您失去了很多。"

他的脸一下子红了,既羞愧又难堪,带着隐忍的微笑说:"您真狠心。"

她向他扭过头来,说:"为什么?我是说事实。您并

不想把您的爱情献给我，是不是？所以，我觉得您好还是坏，这毫无关系。不过我看得出，这个话题对您来说很艰难。我们还是说别的事吧。自从我们不见以来，您都做了些什么？"

他已经失了常态，结结巴巴地说："我？我旅行，我打猎，我变老，就像您看到的。您呢？"

她泰然地说："我嘛，我遵照您的吩咐，我维持着外表。"

一句粗暴的话来到他嘴边。他没有说，反而抓起他妻子的手，吻了一下，说："我谢谢您。"

她很意外。他真的很坚强，总能控制住自己。

他接着说："既然您同意了我的第一个请求，现在让我们好好地谈一谈，别这么尖刻，好吗？"

她做了一个轻蔑的小动作："尖刻？我可不会。您对我来说完全是个外人。我只是在尽量活跃活跃一次困难的谈话罢了。"

他一直看着她，尽管她态度生硬，他还是被她吸引住了，感到一股强烈的欲望，难以抑制的欲望，做主人的欲望，占据了他。

她清楚地感到自己已经击痛了他，于是穷追猛打："您现在多大年纪了？我原以为您比现在看上去要年轻。"

他脸色煞白："我四十五岁。"他接着说，"我忘了向您打听德·雷纳亲王夫人的情况。您仍然常和她见面吗？"

她向他投去一道怨恨的目光："是的，常见面。她的身体非常好——谢谢。"

他们肩并肩地坐着，又激动，又恼怒。他突然说："我亲爱的贝尔特，我刚刚改变了主意。您是我的妻子，我要您今天就回到我那儿住。我觉得您无论在姿色还是在性格上都有长进，我要把您接回来。我是您的丈夫，我有这个权利。"

她大为惊讶，直勾勾地看着他的眼睛，想看穿他的思想。他面无表情，看不透，但是很坚决。

她回答："非常抱歉，我已经有约了。"

他微微一笑："我才不管呢。法律赋予我权利。我就要行使我的权利。"

马赛到了；汽笛鸣响，列车在减慢速度。男爵夫人站起来，不慌不忙地卷好毯子，然后转向她的丈夫，说："我亲爱的雷蒙，这是我安排的一次单独的相遇，希望您不要滥用这个机会。根据您的嘱咐，我特意采取了一个预防措施，不管发生什么事，既不用怕您，也不用怕上流社会。您去尼斯，是不是?"

"您去哪儿,我就去哪儿。"

"不可能。您听我说,我希望您别打扰我。待会儿,在站台上,您会看到德·雷纳亲王夫人和昂利欧伯爵夫人,她们和她们的丈夫在等候我。我希望让他们看到您和我两个人在一起,希望让他们知道我们单独在这包厢里过了一夜。您什么也别怕。这事情看来是那么出乎意料,这些夫人一定会到处宣扬。

"我刚才对您说了,我一直严格遵照您的嘱咐,小心翼翼地维持着外表。其他的就都不成问题了,不是吗?好吧,为了继续这么做,我就安排了这次偶然的相遇。您吩咐我注意避免丑闻,我避免了,我亲爱的……因为我怕……我怕……"

她等列车完全停下,一群朋友冲到车门边,打开门,才最后说完:

"我怕怀孕。"

亲王夫人伸出胳膊和她拥吻。男爵夫人指着惊讶得目瞪口呆、正在试图猜测真情的男爵,对她说:

"您认不出雷蒙了吧?的确,他变得厉害。他同意给我做伴，免得我孤单。我们有时就这样出来小游，像那些不能生活在一起的好朋友一样。不过，我们就在这里分别了。他已经对我感到厌倦了。"

她伸出手，他机械地握了一下；然后，她就跳到站台上，走到迎接她的人群中间。

男爵很恼火，说不出一句话，也做不出一个决定，猛地关上车门。他只听到妻子的声音和她愉快的笑声逐渐远去。

他从此再没有和她见面。

她撒谎了吗？她说的是实话吗？他永远也没法知道。

自杀 *

＊ 本篇首次以《怎么会开枪自杀》为标题发表于一八八〇年八月二十九日的《高卢人报》；一八八三年四月十七日以现题发表于《吉尔·布拉斯报》，内容有所修改，作者署名"莫弗里涅斯"；一八八四年首次收入保尔·奥朗道尔夫出版社出版的莫泊桑小说集《隆多利姐妹》。

献给乔治·勒格朗①

几乎没有一天不在某份报纸上读到这样的社会新闻:

星期三到星期四的夜间,某街40号的居民被接连的两声枪响惊醒。枪声可能发自 X 先生的住处。门开着,人们发现这位房客倒在血泊里,手里还拿着他用来自杀的左轮手枪。

X 先生五十七岁,经济挺富裕,过幸福生活所需的一切应有尽有。人们无法探知他下定这致命的决心是什么原因。

---

① 乔治·勒格朗:记者,莫泊桑的好友,一八八三年将莫泊桑介绍给波托卡伯爵夫人,一八八五年和莫泊桑结伴旅游意大利。

是什么深沉的痛苦，什么内心的创伤、隐秘的绝望、灼热的伤痕，把一些幸福的人推向自杀？人们寻找，有人想象是爱情的悲剧，有人假设是金钱的惨祸；由于永远也发现不了丝毫确切的东西，人们就对这些死亡一言以蔽之，"神秘"。

在这样一个"自杀原因不明"的死者的案头，我们发现了一封信，是他最后一个夜晚写的，子弹上膛的手枪就放在手边。我们认为这封信很有意义。它没有透露任何人们总在这种绝望举动背后寻找的重大灾难，但它显示了生活中一系列微小的不幸，一个孤独存在的人一次次梦想破灭后的致命的崩溃，道出了只有神经质和极其敏感的人才能理解的这些悲惨结局的缘由。

下面就是这封信：

半夜十二点了。写完这封信我就自杀。为什么？我这就来说说，不是为了读这封信的人，而是为了我自己，为了坚定我正在减弱的勇气，让这个行动的不可避免的必然性深入我心，否则这行动只会被延后。

我是由纯朴的父母教养成人的，他们什么都相信。

我也曾像他们一样什么都相信。

我的梦持续了很久。最后的残片刚被撕碎。

一个现象在我身上发生已经几年了。所有那些昔日生活在我心目中像黎明一样光辉的事件,在我看来仿佛都黯然失色。事物的意义显露出它粗暴的真相;爱情的真实理由让我甚至对诗意的温情都产生了反感。

我们是不断翻新的,既愚蠢又迷人的幻象的永恒的玩偶。

随着人的衰老,我对人世的可怕苦难、努力的徒劳、期待的虚妄本已心安理得;岂料,今晚,吃过晚饭以后,一道新的亮光让我看清万事皆空。

从前,我很快乐! 一切都让我高兴:过路的女人,街道的景象,我的住所;我甚至对我的服装式样也兴致勃勃。但是同样视觉的重复,最后让我的心充满了疲惫和厌倦,就像一个观众每晚都走进同一家剧院会发生的那样。

三十年来,我每天都在同一个钟点起床;三十年来,我在同一个时间、同一家饭馆、吃不同的侍者端上来的同一道菜。

我曾尝试旅游。在陌生的地方与世隔绝让我畏惧。我感到自己在世上是那么孤独,那么渺小,我很快就打道回府。

可是回来了,我那些三十年原地不动的家具的一成不变的面貌,买来时崭新的扶手椅的残破现状,我这套房子的气味(时间久了,每个住所都会有一种特殊的气味),每晚又让我习以为常感到恶心,对苟且偷生感到难以忍受的忧伤。

一切都在不断而且可悲地重复。甚至我回家时把钥匙插进锁孔的同样的动作,我总能找到火柴的地方,擦亮磷火时投向房间的第一眼,都让我恨不得从窗口跳下去,结束这些永远无法逃避的单调乏味的事。

我每天刮胡子的时候,都恨不得割断自己的喉咙;而我的总是同一张的面孔,我又在小镜子里看见了它,面颊上抹着肥皂,好几次让我伤心得哭泣。

我甚至不能再接触我以前乐于联络的人,因为我太了解他们,我太知道他们会跟我说什么、我会回答他们什么,我太熟悉他们一成不变的思想模式、他们的推理习惯。每个人的头脑都像一个马戏场,总有一匹关在笼中的可怜的马在转圈。不管我们怎么努力，怎么迂回，怎么转弯，边界总是那么近、那么圆，既没有意料之外的突出，也没有通向未知的门。只能转圈，永远转圈，背负着同样的思想、同样的欢乐、同样的玩笑、同样的习惯、同样的信仰、同样的厌恶。

今天晚上，雾大得可怕。它包裹了林荫大道①，那里的煤气灯暗淡得就像冒烟的蜡烛。比平常更沉重的分量压在我的肩膀上。也许是我消化不良。

因为良好的消化在生活中至关重要。它给艺术家灵感，给年轻人爱的欲望，给思想家清晰的观念，给所有人生活的欢乐，能让人吃得多（这更是最大的幸福）。胃有病会把人推向悲观和多疑，让人产生悲惨的梦幻和死的欲望。对此我经常深有所感。如果我今晚消化得好，也许我就不会自杀了。

我在三十年来一直坐的这张扶手椅里坐下，四下张望，感到一种极其可怕的焦虑，感到自己几乎要疯狂。

---

① 林荫大道：此处指巴黎市内从巴士底广场到玛德莱娜广场的几条连续的林荫大道，十九世纪末是巴黎最时尚和繁华的地带。

我寻思做些什么能逃避自我？可是做什么都让我恐惧，比无所事事更令我厌恶。于是我想，还是整理一下自己的文件。

我早就想清理一下自己的抽屉；因为三十年来我总是随手把信和发票扔进同一个抽屉，其杂乱无章经常让我十分头痛。但是一想到归置东西，我又感到身心都非常地厌倦。所以我从来没有勇气开始这项可恶的工作。

于是我在写字桌前坐下，拉开抽屉，想先把旧时的文件挑选一下，把大部分销毁。

我在一堆发了黄的文件面前先是不知所措，然后从中拿起一张。

啊！如果您还留恋生活，那就永远也别碰这张桌子，这个往日书信的墓地！如果您偶然打开了它，那就抓起满把的信件，闭上眼，一个字也别读，别让已经忘却而又认出的字迹把您一下子抛进记忆的海洋；要把这些死去的纸张付之一炬，当它们变成灰烬，再把它们碾成看不见的灰尘……不然，您就完了……就像我一小时以来这样，完了。

唉！我拿起头几封信，重又读来，引不起我半点兴趣。再说，这些都是最近的信，是仍然在世的人写的，我还经常和这些人见面，他们的出现不大会令我激动。可是，一个信封忽地让我战栗了一下。信封上用老大的字写着我的名字，我突然泪水盈眶。这是我最要好的朋友写的，这个朋友是我青年时代的伙伴，我希望做什么，都推心置腹地告诉他；此刻他又那么清晰地出现在我眼前，带着他那天真和善的微笑，向我伸出手来，我不禁打了一个彻骨的寒战。是的，是的，死人都回来了，因为我看见了他！我们的记忆是一个比现实的世界还要完美的世界：它居然把生命还给了已经不存在的人！

我的手颤抖着，目光模糊不清，把他对我说过的话全都重读了一遍；我可怜的心啜泣着，感觉受到了一种创伤一样，那么的痛苦，我发出一迭连声的呻吟，就像一个人受着五马分尸的酷刑。

于是我就像人们逆水行舟一样，回溯我的一生。我忆起一些久已忘记的人，我已想不起他们的名字，只有他们的面孔活在我脑海里。在我母亲给我的那些信里，我又看到了从前家里的老用人和我们家的房子的形状，以及孩子们记忆中那些难以割舍的微不足道的细节。

是的，我突然又看见母亲的各种旧时装束，它们随她穿的时装和她不同时期的发型，呈现出的不同的风貌。尤其让我不能忘怀的是，她穿的一件织有老式花枝图案的丝绸连衣裙；我又想起有一天她穿着这件连衣裙对我说的一句话："罗贝尔，我的孩子，如果你不挺直身子，你一辈子都会驼背。"

接着，我又打开另一个抽屉。浮现在我面前的是那些爱情的纪念品：一只舞会穿的高帮皮鞋，一个撕破的手帕，甚至还有一条松紧袜带、一些头发和几枝干花。我一生中那些甜蜜的浪漫史，即使女主人公们犹在人世，也都已白发苍苍，我不禁陷入往事一去不返的苦涩的忧伤。啊！搭着卷曲金发的年轻的额头，手的爱抚，脉脉传情的目光，怦跳的心，允诺亲吻的微笑，允诺拥抱的嘴唇！……还有初吻……那让眼睛紧闭的无休止的吻，在临近拥有的无限幸福中把一切思想都化为乌有的吻！

我捧起这些遥远的爱的陈旧的证据，疯狂地爱抚着它们。在我的被记忆折磨的灵魂中，我又看到和每个心爱的人分手时的情景，感到比所有传说能够想象的地狱酷刑都更惨烈的痛苦。

还剩下最后一封信。它是我自己写的，是五十年前我的写作老师口授给我写的。信文如下：

我亲爱的小妈妈：

我今天七岁了。这是懂事的年龄，我借此机会感谢你生下了我。

挚爱你的小儿子。

罗贝尔

完了。我来到了源头；我突然回首，审视我余下的日子。我看到丑陋、孤独的垂暮，即将到来的病弱残疾，一切都完了，完了，完了！我举目无亲！

我的左轮手枪就在那里，在桌子上……我装上子弹……劝你们永远别重读过去的信。

很多人就是这样自杀的，而人们却徒劳地寻觅，希望发现什么重大的悲情。

获得勋章啦！*

＊ 本篇首次发表于一八八三年十一月十三日的《吉尔·布拉斯报》,作者署名"莫弗里涅斯";一八八四年首次收入保尔·奥朗道尔夫出版社出版的莫泊桑小说集《隆多利姐妹》。

有些人生来就有一种压倒一切的本能，一种志向，换句话说就是在刚会说话和思想时就萌生的一种愿望。

萨克勒芒先生从孩提时代起脑袋里就只想着一件事：获得勋章。小小的年纪，别的孩子爱戴军帽，他却挂着镀锌的勋位勋章；他经常骄傲地让母亲牵着手在大街上走，把挂着红缎带和金属勋章的小胸脯挺得老高。

他学习成绩很糟糕，中学毕业会考①落榜了，不知道将来干什么好，于是娶了一个漂亮姑娘，因为他家里有钱。

他们像有些富裕的中产者那样住在巴黎，主要跟同阶层的人来往，难得和上流社会打交道；他们结识了一位可能当

---

① 会考：在法国，须成功通过中学毕业会考，取得业士学位，才能获得大学入学资格。

上部长的议员,并且有两位身任局长的朋友,已经颇感荣幸。

不过,在萨克勒芒先生降生之初就钻进他脑袋里的那个念头,再也没有离开过他;哪怕是一条小小的彩色绶带也无权在礼服上向世人展示,这一直令他痛心疾首。

每每在林荫大道上遇见那些勋章闪亮的人,他便心如刀绞。他怀着强烈的妒意瞟着他们。有时,在漫长的午后,闲得慌,他就统计起他们的人数来。他心里对自己说:"咱们数数瞧,从玛德莱娜大教堂到德鲁奥街,我到底能找出多少。"

他慢慢向前走,巡视着人们的上装;他那训练有素的眼睛老远就能分辨出那个小红点儿。散步到了另一头,他总是对数字之巨表示惊讶:"八个军官,

十七个骑士①。竟有这么多！像这样乱发勋章，简直是愚蠢透顶！咱们再瞧瞧，我往回走是不是还会发现这么多。"

于是他又迈着缓慢的步子往回走；让他痛心的是，有时行人拥挤，会妨碍他的搜索，让他遗漏了某个人。

他知道在哪些街区遇见得最多。王宫一带比比皆是；歌剧院大街不如和平街②；林荫大道的右边比左边多。

他们似乎也对某些咖啡馆、某些剧院情有独钟。每当萨克勒芒先生远远看见一群白头发的老先生停留在人行道中央，以至妨碍了交通，他就会在心里说："那肯定是些荣誉军团的军官！"他真想对他们脱帽敬礼。

他已经多次注意到，那些军官们的气派和普通的骑士就是不可同日而语。他们的头的姿势别具一格，让人清楚地感觉到他们公认地享有更高的敬意、更广泛的声望。

萨克勒芒先生偶尔也会突来一股盛怒，对所有佩戴勋章的人都深恶痛绝，对他们表现出社会党人才会有的仇恨。

---

① 法国荣誉军团是由拿破仑按照军队建制创立于一八〇二年的法国国家授勋制度，包括骑士、军官、指挥官、司令官、大十字五种勋位和相应的勋章。
② 和平街：巴黎旺多姆广场附近的一条大街，多高档酒店、珠宝店和高档住宅。

每当他看了那么多勋章之后回到家,就像饥肠辘辘的穷汉刚刚从一家家大食品店前面经过,愤愤不平;他大声诘问:"到底什么时候我们才能摆脱这个肮脏的政府?"他妻子大吃一惊,问他:"你今天是怎么啦?"

于是他回答:"我是看见到处都有不公平的事情发生,心里气愤。啊!公社①社员做得真对!"

不过,吃过晚饭他又出门了,而且是去考察徽章商店。他一一审视那些形状不同、颜色有别的勋章绶带。他真希望这些全都是为他准备的。他真希望在一个公开典礼上,在一个人头攒动、挤满惊叹的人群的大厅里,他走在一队人的最前面,胸前顺着肋骨的形状挂满一排排勋章,铮明闪亮;他腋下夹着折叠式高顶大礼帽,像一颗明星那么耀眼,在啧啧称赞声和敬仰的低语声中庄严地走过。

唉!无奈他没有任何功绩可以获得任何一种褒奖。

他于是心想:"对于一个不担任任何公职的人来说,要想跻身荣誉军团实在太困难了。那就试试弄个文化教育勋章!"

但是他不知道该如何着手,便同妻子谈起自己的想法。

---

① 公社:指一八七一年的巴黎公社。

妻子一听愣住了：

"文化教育勋章？你做了什么业绩，配得上这个称号？"

他顿时勃然大怒："你先听明白我的话。我正是在琢磨应该怎么做嘛。你有时候真是愚蠢透顶。"

她微微一笑："好极了，你有理。可是我也不知道。"

他却有了一个主意："你是不是去跟罗瑟兰议员谈一谈，他也许能给我提个高明的建议。我呢，你明白，我不便跟他直接谈这个问题。由我嘴里说出来，这事儿太微妙，很难开口。要是你出面，事情就显得十分自然了。"

萨克勒芒太太果然按他的要求办了。罗瑟兰先生答应跟部长说一说。于是萨克勒芒先生就三天两头地催他。这位议员最后回答他：须提交一份申请书，详细陈述他的资历。

他的资历？见鬼。他连业士也不是。

不过他还是工作起来，开始写一本小册子，题为《论人民受教育的权利》。可是他思想贫乏，没有写成。

他换了些比较容易的题目，一连写了好几篇。首先是《儿童的直观教育》。他提出在贫穷街区为儿童建立各种免费剧场；家长从孩子很小的时候起就带他们去剧场，人们用幻灯演示，向他们传授有关人类各种知识的基本概念。那才是真正的课堂。视觉向大脑灌输,大脑把形象刻印似的留在记忆里,令科学成为可以说是看得见的科学。

用这种方法教世界史、地理、自然史、植物学、动物学、解剖学,等等,还有比这更简单的吗?

他把这篇论文印出来,寄给每位议员一份,每位部长十份,共和国总统五十份,巴黎各报社每家十份,外省报社每家五份。

他接下来论述的是街道图书馆问题,他提出由国家添置一些小车,就是卖橙子小贩那样的车子,满载图书,走街串巷。每个居民花一个苏的租金,就有权每月借阅十本书。

"人民,"萨克勒芒先生写道,"只有在去寻找娱乐消遣的时候才肯出门。既然他们不去寻求教育,那就让教育去寻找他们,等等。"

尽管这些论文没有引起任何反响,他还是递交了申请书。人们答复他申请已经记录在案,正在审理。他自信肯定会获得成功,便等呀等。但毫无下文。

于是他决定亲自交涉。他求见国民教育部长。接待他的是部长办公室的一位秘书。此人年纪很轻却举止庄严,甚至有些自负自赏;他像弹钢琴似的按动着一系列白色小按钮,召唤着候见厅里的传达、侍者和下级员工。他告诉这位申请人他的事情进展顺利，并且建议他继续他的出色的著述。

萨克勒芒先生便重又投入写作。

罗瑟兰先生，也就是那位议员，现在好像对他的成功特别关心起来，甚至给他出了一大堆切实可行而又别出心裁的主意。再说他毕竟是获得过勋章的，虽然谁也不知道他凭什么获得这项殊荣。

他指点萨克勒芒该做些什么新的研究，把他引荐给一些学术团体，这些学术团体为了博取荣誉，着重研究科学中特别玄秘的部分。他甚至向部里表示支持他的申请。

一天，罗瑟兰先生来他朋友家吃午饭（近几个月他经常在他家进餐），握着他的手，声音压得低低的对他说："我刚刚为您争取到

一桩大大的美差。历史著作委员会交给您一个任务,一项需要到法国各地图书馆进行的研究工作。"

萨克勒芒乐昏了,连吃喝都失去了兴趣。一周后他就动身了。

他从一个城市到另一个城市,查阅目录,在堆满积尘老厚的旧书的顶楼里翻寻,不管图书管理人员对他多么嫌恶。

当他在鲁昂①的时候,一天晚上,突然想回家和一个星期没见面的妻子亲热一下,于是他乘上九点钟那班火车,这样他就可以在半夜十二点钟赶到家。

他有钥匙。他悄无声息地进了家,高兴得直打哆嗦,非常得意能给妻子一个惊喜。可是她紧闩着卧室的门。真扫兴!他只好隔着门呼喊:"让娜,是我!"

她想必是吓了一跳,因为他听见她跳下床,而且还像在做梦一样自言自语。接着,她又跑向盥洗室,把门打开又关上,赤着脚在房间里快步来回走了好几趟,震得家具直晃,玻璃器皿叮当响。然后,她才终于问道:"真的是你吗,亚

---

① 鲁昂:法国西北部的重要都会,原为诺曼底省省会,现为诺曼底大区首府和滨海塞纳省省会。

历山大?"

他回答:"当然是我,快开门吧!"

门开了。妻子扑进他的怀里,一边嘟哝着:"啊!多么吓人!太意外,太让人高兴了!"

他开始脱去外衣,有条不紊;他做什么事都这样。然后,他又从椅子上拿起自己的外套,因为他平时都把外套挂在门厅里。但是他突然愣住了。扣眼上别着一条红绶带!

他结结巴巴地说:"这……这……这外套上挂着勋章哩!"

这时,他的妻子一个箭步冲过来,去抓他手里的那件衣裳:"不……你弄错了……把它给我。"

但是他始终攥着一只袖子,不肯放手,一边发了狂似的一迭连声地说:"嗯?……怎么回事?……解释给我听听!……这外套是谁的?……这肯定不是我的,既然挂着荣誉军团的勋章。"

她不知所措,使劲从他手里拽那件外套,一边结结巴巴地说:"你听我说……你听我说……把衣服给我……我不能告诉你……这是一个秘密……你听我说。"

可是他已经怒不可遏,脸变得煞白:"我要知道这件外

套怎么会在这里。这不是我的那件。"

这时，她冲着他的脸嚷道："是你的，你要向我发誓，别说出去……你听我说……喂！你获得勋章啦！"

他震惊极了，不由得松开手放了那件外套，走去倒在扶手椅里。

"我已经……你是说……我已经……获得勋章啦。"

"是呀……这是个秘密，一个伟大的秘密……"

她把那荣耀的服装藏进衣柜，然后回到丈夫跟前；这时的她依然战战兢兢，脸色苍白。她接着说："是的，这是我让人给你做的一件新外套。不过，我发誓先不告诉你；这件事在一个月或一个半月之内是不会公布的。应该等到你完成任务，回来的时候才让你知道。这是罗瑟兰先生为你争取到的……"

萨克勒芒几乎晕过去,语不成声地说:"罗瑟兰……获得勋章了。他帮我获得了勋章……我……他……啊!……"

他不得不喝一杯水顺顺气。

他忽然看见一张小白纸片躺在地上,是从刚才那件外套的口袋里掉出来的。萨克勒芒捡起来,原来是一张名片。他念道:"罗瑟兰——议员。"

"你看见了吧。"妻子说。

他高兴得哭起来。

一周以后《政府公报》宣布,萨克勒芒先生因其出色的贡献,荣获荣誉军团骑士勋章。

夏莉*

＊ 本篇首次发表于一八八四年四月十五日的《吉尔·布拉斯报》，作者署名"莫弗里涅斯"；同年首次收入法国保尔·奥朗道尔夫出版社出版的莫泊桑小说集《隆多利姐妹》。

献给让·贝娄①

坐在扶手椅上看似昏昏欲睡的德·拉瓦莱海军元帅,突然用他那老太婆似的嗓音说:"我呀,我有过一段很小的艳遇,不过很离奇,你们想听我说说吗?"

他便讲起来。他的身子深陷在宽大的座椅里,一动不动,嘴角总是带着皱纹很深的微笑,那伏尔泰②式的微笑,仿佛他也是个可怕的怀疑论者。

〰〰〰〰〰〰〰〰〰〰〰〰

① 让·贝娄(1849—1935):法国学院派画家,擅长巴黎市民生活场景的写实绘画。
② 弗朗索瓦-玛丽·阿鲁埃·德·伏尔泰(1694—1778):法国作家、哲学家、启蒙思想家。他的著作表达了对封建制度合法性的根本性怀疑,对十八世纪法国资产阶级革命有积极的影响。

1

我那时三十岁,是海军上尉,被派到中印度①去执行一项天文观测方面的使命。英国政府为我提供了完成这项任务所必需的各种帮助,我不久就带着几个随从深入这个异样、惊人、神奇的国度。

要把这次旅行全讲出来,那得写二十卷。我穿越过奇妙得无法想象的地方,受到过王公们的接待;这些王公美得超乎凡人,生活之豪华令人

---

① 中印度:意大利航海家哥伦布(1451—1506)从欧洲西行到了美洲,误以为是印度,将那里的土著称为"印第安人"或"印度人"。后人为了区分,改称为"西印第安人",而称东方的印度为"中印度"。

难以置信。一连两个月,我就仿佛行走在一首诗里,骑在想象的大象的背上,在一个充满仙境的王国里漫游。我在奇幻的森林里发现了一处处神秘的废墟;我在梦境般的城市里找到一座座像首饰般细腻精美、像花边般轻盈、像高山般宏伟的古建筑;这些奇妙、神圣的古建筑富有强大的魅力,人们会像爱上女人一样爱上它们的形体,而且看到它们会产生一种肉感和性感的愉悦。总之,就像维克多·雨果先生说的:我完全清醒地走在梦中①。

后来,我终于到达旅行的终点甘哈拉城,昔日中印度最繁华的城市之一,如今已经衰败,由一个富有、专横、暴虐、慷慨而又残酷的君主统治着。此人就是马丹王公,一个真正的东方君主,优雅而又野蛮,和蔼而又嗜血成性,有着女性的魅力而又冷酷无情。

这城市位于一个山谷深处,小湖的岸边,小湖周围有许多佛塔,塔的墙脚浸在湖水中。

远看,这座城市形似一个白色的斑点,随着你深入

---

① 法国浪漫主义作家维克多·雨果在其诗剧《吕依·布拉斯》第三幕第四场中有一句诗,描写主人公吕依·布拉斯发现王后对他的爱情后的感受:"因此,我清醒着走在星光灿烂的梦境!"

而不断扩大，圆屋顶，尖屋顶，塔尖，印度优美的建筑物的各种雅致、轻巧的屋顶逐渐展现在你眼前。

在离城门还有一小时路程的时候，我遇到一头装饰得极美的大象，由一支仪仗队围着，那是王公派来迎接我的。我被气派隆重地护送着前往王宫。

我本想先花一点时间换一身华丽的服装，但是王公非常急切，容不得我这么做。他首先希望认识我，看看能从我这儿得到什么消遣；其他的以后再说。

我被人领着，从皮肤犹如雕像般呈青铜色、军装闪亮的士兵中穿过，进入一个四面是回廊的大厅，一些人在那儿伫立着，全都穿着缀满宝石、光彩夺目的长袍。

我看见一张长凳，就是我们花园里常见的那种没有靠背但铺着华贵的毯子的长凳；凳子上有一团光辉耀眼的东西，就像一个坐着的太阳；那就是王公，他穿着一件鲜亮的鹅黄色长袍，纹丝不动，正在等我。他身上戴着一千万也许一千五百万粒钻石，脑门上却只有那颗著名的德里之星在大放光芒；这颗宝石一直属于曼多尔的帕里哈拉王朝，我的主人就是它的后裔。

这位王公是个二十五岁左右的年轻人，他的血管里似乎有着黑人的血液，虽然他属于最纯正的印度人种。他的眼睛很宽，目光呆滞，有些蒙眬，颧骨突出，嘴唇肥厚，胡子卷曲，额头低，经常在机械的微笑中露出来的牙齿晶亮而又尖锐。

他站起身，走过来，按照英国人的方式向我伸出手，然后让我坐在他旁边的一张长凳上，那长凳高得我的两只脚几乎触不到地，坐在上面很不舒服。

很快，他就向我提出第二天去猎虎。打猎和角斗是他最忙碌的两件大事，他根本不理解还有别的事情值得操心。他显然认为我这么老远跑来仅仅是为了给他添一点乐子，或者在他玩乐的时候给他做个伴儿。

我很需要他，所以只得尽量迎合他的癖好。我的态度令他满意至极,他要立即让我看一场角斗士的格斗,于是把我拽到设在王宫里的一个竞技场。

他一声令下,两个男人走上来,全都赤身裸体,皮肤呈赤褐色,两只手套着钢爪。他们立刻开始互相进攻,试图用这种锋利的武器攻击对方,他们黑色的皮肤上划出了长长的裂口,鲜血直流。

这情景持续了很久。两个已经遍体伤痕的角斗士还在用这种尖齿制成的钉耙耙对方的肉。他们中的一个,一边的面颊已经被挠得稀巴烂;而另一个,一只耳朵被劈成了三瓣。

王公怀着残忍而又炽烈的喜悦看着这一切。他高兴得颤抖,频频发出快活的嗷嗷声,还下意识地模仿着角斗士的每一个动作,一边不停地叫喊着:"打,打呀!"

角斗士中的一个失去知觉,倒了下去,只得把他抬出被鲜血染红了的竞技场。而王公发出一声长长的叹息,对这么快就结束表示遗憾和沮丧。

然后,他向我转过身,想听听我的观感;我很愤慨,但是我却对他表示热烈的祝贺;他便立即下令送我去库什－玛哈尔(欢乐宫),我就住在那里。

我穿过一个个只有在那里才能见到的奇幻般的花园，来到我的住处。

这座宫殿，真是个宝贝，它位于王家园林的尽头，几面墙中有一面全部浸在神圣的维哈拉湖里。宫殿是正方形的，四边都有三层重叠的柱廊，柱子都制作得巧夺天工。每一个角都耸立着一些小塔，轻巧，有高有低，有单个的，有成双成对的，个头大小不等，形状各不相同，很像是这美妙的东方建筑之树上长出的天然花朵。所有的小塔上都盖着式样古怪的塔顶，就像女人精心梳成的卖弄风情的发型。

整个建筑的中央是一个硕大的圆屋顶，最高处是一个纤细的、四面镂空的极美的小钟楼。这稍稍伸长的圆屋顶，活像一个耸入天空的白色大理石乳房。

整个建筑从上到下布满了雕刻，布满了那赏心悦目的阿拉伯式装饰图案以及精巧的人物排成的静止的仪式长龙，还有那些石刻的人物面目和姿态叙说着的印度风俗和习惯。

房间都朝向花园，光线从拱边雕着花边的窗口照进来。大理石地面用缟玛瑙、天青石和玛瑙镶嵌出一个个鲜艳的花束。

我刚梳洗完,专门负责王公和我之间联系的一个叫哈里巴达的宫廷高官,向我宣布他的主公驾访。

身穿黄袍的王公说到就到,他又和我握了手,便向我讲述起无数的事情来,还一边说一边问我有什么感想;而我很难发表意见。接着,他又带我去看看花园另一头的古老宫殿的废墟。

那是个真正的石头的森林,里面栖息着一群大猴子。我们走近时,公猴子们在墙头奔跑起来,向我们做出各种可怕的表情;母猴子们抱着猴崽子,露着光秃的屁股,纷纷逃窜。国王狂笑不止,还拧着我的肩膀向我证明他是多么快活。他在残垣颓壁中间坐下。在我们周围汇集着一大群长着白颊髯的兽类,有的蹲在墙头,有的坐在随便什么突出来的地方,冲我们伸着舌头,亮着拳头。

黄袍王公看够了这个场面,站起身,又威严地走起来,依然把我拖在他的身边。他很高兴,能在我抵达的当天就让我见识到这些东西,并且提醒我第二天要为我举行一次大型猎虎活动。

我跟随着参加了这次打猎，而且参加了第二次，第三次，接连参加了十次，二十次。人们相继追逐过当地所有的动物：豹子、熊、大象、羚羊、河马、鳄鱼，怎么说呢，大自然造出的野兽中的一半之多。我被弄得疲惫不堪，看见流血就恶心，对这种总是老一套的娱乐厌腻透了。

最后王公的兴头也平息下来，在我的一再请求下，给我留一点空闲去工作。他现在只以给我塞满礼物为乐了。他给我送来珠宝、华丽的布料、经过训练的动物；哈里巴达达把这些礼物呈献给我时，表面上毕恭毕敬，仿佛我就是太阳本身，尽管他内心里对我十分轻蔑。

每天都有一长队仆役，用带盖子的盘子把御膳的各种菜肴给我送来一份；每天都必须出席为我组织的一种新消遣，并且对神庙舞女的舞蹈、杂耍、阅兵，以及这位好客而又烦人的王公发明出的各种花样，都要表现出兴致勃勃。他执意要向我充分显示他的令人惊叹的国家的魅力和辉煌。

只要他们让我一个人单独待一会儿，我就工作，或者去看那些猴子；猴子的社会让我感到的愉悦，远远超过了国王统治下的社会。

可是,一天晚上我散步回来,发现哈里巴达达神情庄重地站在我住的宫殿门口。他用神秘的口气告诉我,王公送我的一份礼物正在我的卧室里等我;他同时向我转达他的主子的歉意,没有早一点想到这件我肯定已经感到欠缺的东西。

说完这番令人费解的话以后,这位使臣行过礼便退去。

我走进去,只见沿着墙,按个子高矮,排列着六个小女孩,肩膀挨着肩膀一动不动,就像一串胡瓜鱼。最大的也许八岁,最小的六岁。一开始,我不大明白寄宿学校怎么开到我这儿来了;很快,我就猜到了王公的良苦用心:他要送给我一群妻妾。出于过分的好意,他挑选了非常年轻的。因为在那边,果子越生越贵重。

我呆呆地站在那里,十分不安和尴尬;在这些睁着严肃的大眼睛,似乎已经知道我可能要她们做什么的娃娃面前,我感到无地自容。

我不知道对她们说什么好。我真想送她们回去。但是王公赐给的礼物是退不得的,那会是罪该万死的冒犯。所以我只能把这群孩子留下来,安顿在我这儿。

她们依然伫立着,凝视着我,等候着我的命令,试图从我的眼里看出我在想什么。啊!这可恶的礼物!它让我多么为难!最后,我感到自己显得古怪可笑了,便随口问那个年龄最大的:

"你,你叫什么名字?"

她回答:"夏莉。"

这个女孩皮肤那么好看,略透黄色,犹如象牙一般,真是一个美的奇观,一座面部线条长而严肃的雕像。

我想看看她会怎么回答,也许还能难住她,于是问道:

"你来这儿做什么?"

她用柔和、悦耳的声音回答:"我是来做您喜欢叫我做的事,我的老爷。"

这女孩受过调教。

于是,我向那个最小的提出同样的问题,她用稚嫩的声音口齿清晰地回答:"我来这儿是为了做您喜欢叫我做的事,我的老爷。"

这个小女孩,看上去像只小老鼠,非常可爱。我把

她抱起来，亲了她一下。其余的女孩子便做出要退出去的动作，无疑是认为我刚才表明了自己的选择。我连忙命令她们留下。我像印度人那样盘腿坐下来，叫她们围着我坐成一圈，然后我就给她们讲起一个精灵的故事来，因为我已经能勉强说她们的语言。

她们全神贯注地听着，听到精彩之处就激动得战栗，紧张得发抖，或者高兴得拍手。可怜的小家伙们，不再去想那让她们来的理由了。

我讲完了故事，就把我的亲信仆人拉兹曼叫来，吩咐他端些糖果、蜜饯、糕点来。她们一直吃到撑得慌。我开始觉得这么做很有趣，就组织了一些游戏，让我的女孩们开心。

其中一种游戏尤其大获成功。我用两条腿搭成一座桥,我的六个小女孩跑步从桥下面穿过,最小的那个打头;到了最大的那一个,她每次都稍稍碰我一下,因为她身子总是弯得不够。这个游戏让她们开心得发出震耳欲聋的笑声,银铃似的年轻的笑声,在我的奢华宫殿的低矮拱顶下回响;宫殿被唤醒了,充满了儿童的欢乐,洋溢着生命的活力。

接着,我对布置我的天真无邪的小妾们的寝室发生了浓厚的兴趣。我终于把她们安顿在属于她们自己的地方,由王公同时派来伺候我的后妃们的四个侍女照顾。

在整整一个星期的时间里,我扮演这些孩子的爸爸,从中获得了真正的快慰。捉迷藏啦,猫捉老鼠啦,蒙眼击掌猜人啦,我们玩了很多非常有趣的游戏,把她们高兴得发狂,因为我每天都让她们玩一种从未玩过的游戏,而且又都是那么好玩。

我的住处现在看上去简直就像是课堂。我的小女友们,身穿美轮美奂的丝绸和金丝银线绣的衣服,像一群人形小动物似的,在一条条长廊和一个个只有窗口透进微弱光亮的寂静的厅堂里奔跑。

后来，一天晚上，我也不知道怎么搞的，最大的那个女孩，那个叫夏莉的，像一尊古老象牙制的小雕像的，成了我的真正的妻子。

这是个非常可爱的小生灵，温柔、腼腆而又活泼，她很快就以火一样的热情爱上我；而我对她的爱，虽然有些异样，觉得可耻，有些犹豫，怀着对欧洲法律的恐惧①，有许多克制、顾虑，确也包含着赤诚的性爱的激情。我对她像父亲一样慈爱，像男人一样温存。

请原谅，女士们，我扯得远了一点。

别的女孩仍然像一群小猫一样，在这座宫殿里玩耍。

除了我去王公那儿的时候，夏莉再也不离开我。

我们在昔日宫殿的废墟里，在跟我们成了朋友的猴子中间，一起度过了许多美妙的时光。

她经常躺在我的膝头，久久地躺在那里，斯芬克司②似的小脑袋瓜里转着许多事情，或者什么事也不想，

---

① 按照欧洲的传统法律观念，成年男子在任何情况下与幼女发生性关系均为罪行。
② 斯芬克司：古希腊神话中的带翼狮身女怪，或古埃及的狮身人面像，转意指神秘莫测的人物。

但是保持着那高尚和富于幻想的民族世代相传的美好动人的神态和神圣雕像的天使般的姿势。

我用一个大铜盘子带了一些糕点和水果。母猴们逐渐走近，后面跟着它们胆子更小的小猴子；它们在我们周围不远的地方坐成一圈，不敢再接近，等着我发甜食。

不过，几乎总有一个更大胆的公猴一直走到我跟前，像乞丐一样伸出手；我把一块吃的放在它手里，它就送给它的母猴。别的母猴就开始发出疯狂的叫喊，嫉妒和愤怒的叫喊。我只好把吃的抛给每个母猴一份，才结束这场咄咄逼人的喧闹。

我觉得在废墟中过得非常开心，便带着我的仪器到这儿来工作。谁知猴子们一看见这些铜质的测量仪器，大概是把这些东西误认为死亡工具了，都吓得凄厉地喊叫着四散逃命。

我也经常和夏莉一起，在一条朝向维哈拉湖的外围长廊里度过夜晚的时光。我们静默不语，望着在天空深处移动的皓月为湖面披上一件颤巍巍的银色斗篷；而在湖的对岸，一座座小宝塔的身影就像把脚伸进水里的婀娜多姿的蘑菇。我搂着我的神情严肃的小情人，慢悠悠地久久亲吻她的光滑的额头，她的像这古老和神奇的土地一样充满奥秘的大眼睛，以及她那在我的爱抚下张开的宁静的嘴唇。我有一种模糊、强烈，特别是富有诗意的感觉：我在这小女孩身上所拥有的，是整整一个民族，一个所有其他民族都似乎由它产生的美好的民族。

与此同时，王公还在继续不断地塞给我礼物。

有一天，他让人给我送来一件意想不到的东西，引起夏莉的热情赞赏。其实那只不过是个贝壳盒，一个硬纸板盒表面只是用面糊粘满小贝壳做成的盒子。在法国，这种盒子最多只值四十个苏。但是在那里，它却成了难以估价的宝贝。这很可能是进入这个王国的头一件吧。

我把它放在桌子上，就不管它了，还暗笑这种杂货店里的蹩脚货竟然也拿来堂而皇之地送人。

但是夏莉却没完没了地端详它，赞赏它，对它充满了敬意，喜欢得发狂。她还不时地问我："我可以摸摸它吗？"我说可以，她就揭开盒盖，然后又小心翼翼地关上，并且用她纤细的手指轻轻抚摸用小贝壳粘成的盒子面儿，仿佛通过这种接触感受到一种沁入心扉的甜蜜的快乐。

这时，我已经完成了工作，必须回去了。但是对小女友的爱羁绊着我，让我踌躇了很久拿不定主意。最后，我不得不做出离去的决定。

王公很难过，又为我组织了几次打猎、几场角斗；

但是，如此这般地又玩乐了半个月，我表示不能再久留了，他也就让我自由。

和夏莉告别的情景令人心碎。她靠在我身上，头搁在我胸口，哭泣着，悲痛得浑身剧烈地搐动着。我不知怎样才能安慰她，我频频地吻她也没有一点用。

突然，我有了一个主意，于是站起来，走去找到那个粘满小贝壳的盒子，放在她手里："这个送给你了。它是属于你的了。"

我先看到她微笑；继而，她的整个脸都开朗了，流露出发自内心的喜悦，一种为不可能的梦想突然成真而感到的深深的喜悦。

她像发了疯似的拥吻我。

那也没用，在最后诀别的时刻，她还是痛哭了一场。

我把慈父的吻和糕点分发给我所有其余的女人，然后就走了。

2

两年过去了，在海上执勤的一个偶然的机会又把我带到了孟买。由于出现了一些意料不到的情况,我被留在那里完成一项新的使命;而所以指派我,是因为我熟悉这个国家和它的语言。

我以最快的速度完成了自己的工作,还有三个月的时间可以由我支配,便想去拜访一下我的朋友,那位甘哈拉的王公,以及我心爱的小妻子夏莉,我一定会发现她有了很大的变化。

马丹王公用种种表明他高兴得疯狂的方式来接待我。他让人当着我的面割断三名角斗士的喉咙。我回来的第一个白天他没让我单独一人待过一秒钟。

到了晚上,我终于自由了,便让人把哈里巴达达叫来。为了转移他的洞察力,我先提了许多各式各样的问题,然后才问他:"你知道王公赐给我的那个小夏莉现在怎么样啦?"

对方露出一脸忧伤和烦恼,十分难过地回答:

"最好还是不要谈她吧!"

"为什么不谈她? 她是个很可爱的小姑娘。"

"她变坏了,大人。"

"夏莉,怎么可能? 她怎么啦? 她现在在哪儿?"

"我的意思是说,她的结局不好。"

"结局不好?难道她死了?"

"是呀,大人。她干了一件坏事。"

我非常震惊,感到心在怦怦跳,紧张得喘不过气来。

我接着说:"一件坏事?她究竟做了什么?她遇到了什么事?"

对方好像越来越为难,低声说:"您最好还是别问了。"

"不,我想知道。"

"她偷了东西。"

"夏莉,怎么会?她偷了谁的东西?"

"您的,大人。"

"我的?这怎么可能?"

"您离开的那天,她偷了王公送给您的盒子。有人发现那个盒子在她手里。"

"什么盒子?"

"贴满小贝壳的盒子。"

"可那是我送给她的!"

这印度人抬起惊讶的眼睛看着我,回答:"是呀,她的确也发尽了神圣的誓言,说是您送给她的。但是人们不相信您会把一件国王的礼物送给一个女奴,于是王公让人惩罚了她。"

"怎么惩罚?你们对她做了什么?"

"把她捆在一个口袋里,大人,然后,从这个窗户,从我们现在所在的这个房间的窗户,扔到了湖里,因为盗窃罪就是在这儿犯下的。"

我感到从未有过的最残酷的痛苦穿透了我的全身,我向哈里巴达达示意要他退去,免得他看见我痛哭。

这一夜,我都是在这俯视湖面的长廊里度过。就是在这里,我曾多少次把那个可怜的女孩抱在膝头。

我一直在想:她的美丽娇小的身躯腐烂后剩下的骸

骨就在那里，在我下面，在一个用绳子扎紧的布口袋里，在我们昔日经常一起观看的这片黑水的深处。

尽管王公一再央求，激烈地表示沮丧，我还是第二天就离去。

我现在依然相信，除了夏莉，我从未爱过别的女人。